Raimund Eich, Jahrgang 1950, lebt seit seiner Geburt in Neunkirchen. Der Autor veröffentlichte im Jahr 2004 mit „Angst um Melanie" sein Erstlingswerk, dem 2011 mit „SEPTEMBER ELEVEN-Im Schatten der Terroranschläge" ein weiterer Tatsachenroman folgte. Neben einigen E-Books hat er gemeinsam mit den Illustratorinnen Anne Linnenbach und Maria Luise Schneider eine illustrierte Abenteuergeschichte für Kinder und Jugendliche mit dem Titel „Urs der Zauberbär" veröffentlicht. „STUMM-DENK-MAL", eine skurrile und von den gleichen Künstlerinnen bebilderte Geschichte, hat er seiner Heimatstadt Neunkirchen gewidmet.

für meine Heimatstadt

Neunkirchen

und alle, die sie mögen

RAIMUND EICH

STUMM-DENK-MAL

Illustrationen

Anne Linnenbach & Maria Luise Schneider

© 2012 Raimund Eich

Autor: Raimund Eich
Illustrationen: Anne Linnenbach & Maria Luise Schneider

Herstellung und Verlag: Books on Demand GmbH, Norderstedt
ISBN: 9783848217854

Bibliografische Information der Deutschen Nationalbibliothek

Die Deutsche Nationalbibliothek verzeichnet diese Publikation in der Deutschen Nationalbibliografie; detaillierte bibliografische Daten sind im Internet über http://dnb.d-nb.de abrufbar.

Eine globale Wirtschaftskrise irgendwann in der Zukunft, von der auch die Stadt Neunkirchen betroffen ist. Bei einem nächtlichen Spaziergang, in Gedanken nach einer rettenden Lösung für seine Stadt versunken, fällt der Oberbürgermeister vor dem Stummdenkmal auf die Knie und fleht den Freiherrn Karl-Ferdinand von Stumm in seiner Verzweiflung um Hilfe an. Damit erweckt er den ehemaligen Stahlbaron auf wundersame Weise zu neuem Leben.

Vorwort

Die Geschichte der Stadt Neunkirchen ist eng verbunden mit dem Neunkircher Eisenwerk, das über viele Generationen hinweg den Menschen in der Region zu Arbeit und Lohn verhalf. Im Jahr 1806 übernahm die Unternehmerfamilie Stumm das Eisenwerk, das unter Karl Ferdinand Freiherr von Stumm seine Blütezeit erlebte. Vom Niedergang der Schwerindustrie in den siebziger Jahren des Zwanzigsten Jahrhunderts war aber auch die Neunkircher Hütte betroffen, die 1982 bis auf die Walzstraße stillgelegt wurde. Das Eisenwerk wurde „geschliffen" und damit eine riesige Wunde mitten ins Herz der Stadt gerissen, die wieder geheilt werden musste. Vieles hat sich in Neunkirchen seither getan, ein großes Einkaufszentrum hat die Lücke zumindest städtebaulich zum Teil wieder schließen können. Das Leben pulsiert zwar in diesem Einkaufstempel, kann aber die Menschenmassen wie zu früheren Schichtwechseln des Eisenwerks bei Weitem nicht kompensieren. Neunkirchen schien damals förmlich überzuquellen von denen, die zur Arbeit kamen oder gingen und von jenen, die hier ihre Einkäufe tätigten und die zahlreichen Geschäfte von der Bahnhofstraße bis hinauf zum Oberen Markt bevölkerten. Nur noch ein paar Industrierelikte hinter dem Einkaufscenter ragen in einen heute strahlend blauen Himmel, den man zu Lebzeiten des Eisenwerks kaum sehen konnte, da die Neunkircher Hütte, einem Feuer speienden Perpetuum mobile vergleichbar, unentwegt Rauch und Lärm ausstieß und die Stadt Tag und Nacht, über schier unendlich viele Jahre, nicht zur Ruhe kommen ließ. Sie zeugen von einer für viele längst vergessenen und für andere nie erlebten Vergangenheit. Die Stadt ist heute sehr viel sauberer und ruhiger geworden als früher, ihr Pulsschlag hat sich deutlich verringert. Fast wehmütig scheint der ehemalige Industriebaron Freiherr Karl Ferdinand von Stumm auf seinem Denkmalsockel am Stumm-platz in Richtung Bahnhof zu blicken, gerade so, als würde er darauf warten, dass seine Arbeiter wie einst von dort in Scharen zur Arbeit auf die Hütte strömen. Was würden sie wohl zu den massiven Veränderungen in Neunkirchen heute sagen, der Stumm-Karl, wie er hier zuweilen noch genannt wird, oder der Eisengießer, der nur ein Stück weiter Richtung Hüttenberg seinen Platz gefunden hat und noch immer mit seiner überdimensionalen Schöpfkelle hantiert? In dieser „denkwürdigen" Geschichte sollen sie alle zu Wort kommen, nicht nur die beiden, sondern auch diejenigen, die sonst irgendwo in Neunkirchen ein Schattendasein als Denkmal fristen, und natür-lich auch längst vergessene Neunkircher Originale, die nur noch in den Köpfen und Herzen mancher Bürger dieser Stadt als virtuelle Denkmäler weiterleben.

Ein eiskalter Wind bläst Oberbürgermeister Nachneuber-Deckerfried dicke Schneeflocken ins Gesicht, als er zu später Stunde das Rathaus am Oberen Markt verlässt. Die bevorstehende Stadtratsitzung in drei Tagen hat ihn in letzter Zeit kaum zur Ruhe kommen lassen und liegt ihm auch jetzt wie ein Stein im Magen. Immer wieder ist er mit dem Kämmerer die Zahlen durchgegangen, immer wieder haben sie sich über zusätzliche Einnahmequellen und weitere Einsparpotenziale den Kopf zerbrochen, doch die nackten Zahlen sprechen eine untrügliche Sprache. Die Stadt Neunkirchen, seine Heimatstadt, steckt in Schwierigkeiten. Lange schon hat er sich vergeblich darum bemüht, dem entgegenzuwirken, doch die seit Jahren anhaltende wirtschaftliche Talfahrt in ganz Europa mit immer größer werdenden Staatsverschuldungen hat dramatische Ausmaße angenommen und natürlich auch die Stadt Neunkirchen nicht verschont. Dem OB ist jedoch bewusst, dass er sich mit derartigen Argumenten in der Stadtratsitzung kaum rechtfertigen kann. Schließlich hatte man ihn als Hoffnungsträger ja gerade gewählt, um dieser negativen Entwicklung entgegenzusteuern. In einem leidenschaftlich geführten Wahlkampf hatte er die goldenen Zeiten wieder heraufbeschworen, doch statt dessen ging es immer weiter bergab. Alle Anstrengungen, durch Ausbau von Gewerbegebieten und Investitionen in eine attraktivere Innenstadt neue Unternehmen hier anzusiedeln und zusätzliche Arbeitsplätze zu schaffen, haben leider nicht die erhofften Ergebnisse gebracht. Im Gegenteil, die damit verbundenen Kosten haben die Probleme letztlich nur noch weiter verschärft. Wirre Gedanken schwirren ihm durch den Kopf, als er planlos den menschenleeren und tief verschneiten Hüttenberg hinunterstapft, vorbei an vielen leer stehenden und maroden Wohn- und Geschäftshäusern. Trotz der eisigen Kälte will sein Kopf einfach nicht frei werden von negativen Gedanken. Er ist nur noch ein Schatten seiner selbst. Völlig erschöpft bleibt er schließlich mitten auf dem Stummplatz vor dem großen Einkaufscenter stehen, das lange Jahre als Einkaufstempel und Besuchermagnet weit über die Grenzen seiner Stadt hinaus bekannt war. Doch auch hier gehen die Geschäfte lange nicht mehr so gut wie früher. Wo nicht genügend Arbeit ist, da fehlt nun mal auch das Geld, um es zum Einkaufen auszugeben. Immer mehr Menschen haben die Stadt verlassen, vor allem die Jüngeren, die ihre Glück woanders suchen, weil sie hier keine richtige Arbeit mehr finden. Hier geblieben sind meist nur die Alten, die Kranken und die Bedürftigen. *Wenn das so weitergeht, droht Neunkirchen noch zu einer Geisterstadt zu werden,* schießt es ihm durch den Kopf. Es will ihm einfach nicht gelingen, den trüben Gedanken Einhalt zu gebieten. Sein Blick schweift umher und bleibt schließlich am Denkmal des Freiherrn Karl-Ferdinand von Stumm hängen. Doch der einst mächtigste Mann dieser Stadt, der ihr mit dem Eisenwerk Arbeit und Wohlstand beschert hat, würdigt ihn keines Blickes. Der OB mustert die imposante Erscheinung auf dem Denkmalsockel eindringlich. Dann bricht es plötzlich aus ihm heraus.

„Was glotzt du denn so teilnahmslos in die Gegend?", schreit er die Statue plötzlich an. „Ist es dir denn völlig egal, was mit unserer Stadt passiert? Steh´ hier nicht so herum wie ein Ölgötze und hilf mir lieber, die Stadt zu retten, denn ich bin am Ende und weiß einfach keinen Ausweg mehr." Völlig verzweifelt fällt er schließlich vor dem Denkmal auf die Knie und bedeckt mit eiskalten Händen sein Gesicht. Nur drei Tage noch, dann wird man im Stadtrat Rechenschaft von ihm fordern und ihn zur Verantwortung ziehen, falls ihm nicht noch die rettende Lösung für seine Stadt einfällt. Aber gibt es so etwas überhaupt, eine rettende Lösung? Nein, und er hat dem auch nichts entgegenzusetzen, absolut nichts. Man wird ihm das Vertrauen völlig entziehen, und dann …? Aufgeben? Rücktritt? Viele, die einst große Hoffnung in ihn gesetzt und ihm ihr Vertrauen geschenkt haben, werden sich sicher von ihm abwenden. So wird er hier jedenfalls nicht länger weitermachen können und sich etwas anderes suchen müssen. Aber was und wo? Die negativen Gedanken drohen ihm den Verstand zu rauben. *Vielleicht bin ich ja schon verrückt*, denkt er sich, *wenn ich hier vor einem leblosen Denkmal stehe und um Hilfe bettele.*

„Nein, das seid Ihr nicht, guter Mann. Ich kann sehr gut verstehen, was in Euch vorgeht. Deshalb will ich versuchen, Euch zu helfen", hört er plötzlich eine Stimme.

Entsetzt reißt er die Augen auf. Hat ihn etwa doch jemand hier beobachtet, ihm zugesehen und zugehört, wie er sich vor einem Denkmal zum Gespött macht? Aber weit und breit ist niemand zu sehen.

„Jetzt ist es passiert, ich habe tatsächlich den Verstand verloren", stöhnt er auf.

„Nein, das habt Ihr nicht, schaut bitte nach oben", befiehlt ihm die Stimme.

Dem OB droht das Blut in den Adern zu gefrieren. Schreckliche Gedanken schießen ihm durch den Kopf. *Schaut nach oben? Das klingt verdächtig nach ... bin ich vielleicht schon im ...*

„Nein, guter Mann, das seid Ihr nicht. So einfach stirbt man nun auch wieder nicht. Los, nun nehmt schon die Hände vom Gesicht und schaut mich endlich an", unterbricht die Stimme erneut seine Gedanken.

Zitternd vor Angst wagt er einen Blick zwischen den Fingern hindurch. „Nein, das glaube ich nicht, das gibt es doch überhaupt nicht", stammelt er nur und kneift sich vor Schreck selbst in den Arm. Doch kein Zweifel, der Schmerz, den er spürt, ist echt, aber ... seinen Augen traut er trotzdem nicht. Auf dem Denkmalsockel vor ihm sitzt Freiherr von Stumm, der doch eigentlich stehen sollte, und streckt ihm die rechte Hand zum Gruß entgegen. Der OB zögert zunächst, reicht ihm aber dann doch seine Hand. Der feste Händedruck dieser eiskalten und stahlharten Hand jagt ihm erneut einen Schauer über den Rücken.

„W...w...w...er sind Sie, etwa ein ... ein G... Geist?", stottert er.

„Nun, das weiß ich offen gestanden selbst nicht so genau. Bis vor ein paar Minuten war ich jedenfalls noch ein starres Denkmal ohne Leben und Gefühle, aber Euer herzzerreißendes Flehen muss mich wohl so bewegt und mir den Geist des Lebens neu eingehaucht haben. Ich kann es mir nur so erklären."

„D… d… das tut mir wirklich leid", stottert Nachneuber-Deckerfried verlegen. „Ich wollte Ihre wohlverdiente Ruhe nicht stören. Statt Ihnen den Geist des Lebens einzuhauchen, hätte man mir besser das Lebenslicht ausblasen sollen, damit dieses Elend hier endlich ein Ende für mich hat." Bei diesen Worten richtet der OB seinen Blick klagend in Richtung Himmel.

„Immer langsam mit den jungen Pferden, das hört der liebe Herrgott im Himmel sicherlich nicht gerne", erwidert der Freiherr. „Er möchte bestimmt nicht, dass Ihr so einfach aufgebt und Euch aus der Verantwortung stiehlt."

„Warum zum Teufel soll er denn das nicht wollen? Mir scheint eher, dass es ihm völlig egal ist, was hier geschieht", entfährt es dem Oberbürgermeister.

„Aber so beherrscht Euch doch, mein Herr, wie könnt Ihr es wagen, so von unserem Schöpfer zu reden und im gleichen Atemzug den Herrscher der Finsternis in den Mund zu nehmen", erwidert der Freiherr entrüstet. Dann zuckt er mit den Schultern und fährt fort. „Vielleicht, ja vielleicht weil der liebe Gott Euch mag, oder auch diese Stadt, vielleicht will er deshalb, dass ich Euch helfe, nach einem Ausweg zu suchen."

„Euch helfen, aber hier ist doch sonst niemand außer mir, oder?" Verwirrt schaut sich der Oberbürgermeister nach allen Seiten um, aber der Platz ist menschenleer, nur er und dieses lebendige Denkmal da.

„Na, das sagte ich doch gerade, dass ich Euch helfen will. Wer seid Ihr denn eigentlich, werter Herr?"

Langsam dämmert es dem OB. Die Sprache, nein die Ausdrucksweise des Freiherrn, die noch aus einer anderen Zeit stammt, hat ihn wohl etwas irritiert. „Ich … äh, mein Name ist Jürgen Friedrich Peter Nachneuber-Deckerfried und ich bin der Oberbürgermeister der Stadt Neunkirchen", antwortet er.

„Soso, der Herr Oberbürgermeister persönlich. Nun, das freut mich sehr, gestatten, dass ich mich vorstelle, mein Name ist …"

„Nicht nötig, dich kennt hier jeder", entfährt es dem OB. Dann hält er sich erschrocken die Hand vor den Mund. „Bitte verzeihen Sie, werter Herr von Stumm, ich wollte wirklich nicht unhöflich zu Ihnen sein. Es ist nur so, dass wir, wenn wir in dieser Stadt von Ihnen reden, nur vom Karl-Ferdinand oder vom Stumm-Karl sprechen. Das ist keineswegs respektlos, sondern ein Ausdruck besonderer Wertschätzung, die wir Ihnen und Ihrem Wirken zum Wohl dieser Stadt entgegenbringen, sehr verehrter Freiherr. Wie soll … äh … ich meine, wie darf ich Sie denn ansprechen?"

„Wie Ihr mich ansprechen sollt? Nun, werter Herr oder Freiherr, das klingt sicher nicht mehr zeitgemäß, aber so etwas Despektierliches wie Stumm-Karl … nein, das auf gar keinen Fall. Mit Verlaub, Herr Oberbürgermeister, ich möchte mit Ihnen gemeinsam versuchen, zu retten, was zu retten ist. Und da wir ein gemeinsames Ziel haben, nennt mich doch einfach bei meinem Vornamen. Wenn Ihr gestattet, werde ich Euch ebenfalls mit eurem Vornamen ansprechen. Jürgen ist doch wohl euer Rufname, nicht wahr?"

Der OB nickt zustimmend. „Das ist aber eine sehr große Ehre für mich, Herr von Stumm, äh … ich wollte sagen, Karl-Ferdinand", erwidert er etwas verlegen. Ich bin jedenfalls sehr froh, dass mich der liebe Gott offenbar doch erhört und mir Hilfe geschickt hat, selbst wenn sie nur von einem ollen Denkmal kommen sollte."

„Wie meintet Ihr gerade, Jürgen, nur ein olles Denkmal, ich muss doch sehr bitten", blickt ihn der Freiherr mit stählernen Blicken an und schüttelt missbilligend den Kopf. „Reden etwa alle in der heutigen Zeit so despektierlich, Jürgen?"

„Wenn Sie wüssten, Karl-Ferdinand, welche Sprache heutzutage von den Menschen gepflegt wird, würden Sie bestimmt sofort wieder zu Stein … nein, ich wollte sagen, zu Stahl erstarren", entfährt es dem OB. „Das muss ich Ihnen wohl etwas näher erklären, denn die Sprachgewohnheiten haben sich im Laufe der Zeit doch sehr verändert, insbesondere durch den Einfluss der Amis", fährt er fort.

„Die Amis? Wen meint Ihr denn damit?", erwidert der Freiherr.

„Na, die Amerikaner halt, Amerika, den Kontinent, den der große Seefahrer Christoph Columbus entdeckt hat. Ihre Kultur hat nach dem Zweiten Weltkrieg in Deutschland sehr großen Einfluss gewonnen, sodass immer mehr Gepflogenheiten aus den USA von den Menschen hier übernommen wurden. Schauen Sie sich nur um, Sie finden hier überall Reklameschilder mit englischen Texten, ja sogar auf Verkehrsschildern wird die Innenstadt heutzutage als City ausgeschildert."

Der Freiherr schüttelt missbilligend mit dem Kopf. „Das ist aber keine gute Entwicklung, wie ich finde. Wenn die Menschen ihre eigene Sprache aufgeben, dann geben sie auch ihre eigene Identität auf. So etwas wäre zu meiner Zeit jedenfalls undenkbar gewesen."

„Sie haben sicher recht und ich möchte Ihnen keinesfalls widersprechen, aber wir haben jetzt eigentlich ganz andere Sorgen und Probleme, die wir angehen müssten?", erwidert Nachneuber-Deckerfried.

„Natürlich, Jürgen, bitte verzeiht mir. Lasst uns also nachdenken, wie wir am besten an die Sache herangehen und wer uns vielleicht dabei helfen könnte", antwortet der Freiherr.

„Na, von denen, die ich kenne, jedenfalls keiner. Die meisten von ihnen haben nur ihre eigenen Interessen im Kopf. Für das Gemeinwohl setzt sich kaum noch jemand uneigennützig ein und außerdem, was wir brauchen sind kreative Ideen, etwas, was diese Stadt einzigartig und damit attraktiv macht. Ich kenne leider niemanden hier, der über genügend Kreativität und Einfalls-reichtum verfügen würde. Manchmal habe ich den Eindruck, dass die alle ausgestorben sind." Plötzlich stockt er und blickt die Statue des Freiherrn nachdenklich an. Erst ein verlegenes Lächeln, dann prustet es aus ihm heraus. „Aber wir könnten es ja mal in Ihrer Kategorie versuchen, Karl-Ferdinand", lacht er schallend. „Das hier glaubt mir ohnehin niemand. Ich sehe schon die

Schlagzeilen vor mir: ‚Oberbürgermeister Nachneuber-Deckerfried verliert den Verstand. Er redet nachts mit Denkmälern.' Warum versuchen wir es deshalb nicht gleich mit dem Eisengießer oder mit dem Sense Eduard."

„Verzeiht mir, Jürgen, aber ich verstehe nicht, was Ihr meint. Welche Kategorie, und wen meint Ihr denn mit dem Eisengießer oder mit dem Sense Eduard?"

„Es gab hier in Neunkirchen, lange vor meiner Zeit, mal einen Dienstmann, einen Kofferträger für die Reisenden am Bahnhof. Ein echtes Neunkircher Original mit viel Sinn für Humor. Er hatte den Schalk im Nacken, wie die Leute zu sagen pflegten. Man hat ihm in der Stadt ein Denkmal gesetzt, gar nicht weit von hier. Schauen Sie bitte mal nach rechts, dort hinten am Hammergraben steht … nein, dort sitzt er. Man kann ihn von hier aus leider nicht sehen, aber wenn Sie sich umschauen, gleich dort oben an der Christuskirche steht der andere, den Eisengießer meine ich", erwidert der OB.

Der Freiherr dreht sich um und blickt in Richtung des Hüttenberges. Vor der Christuskirche, die er einst hatte errichten lassen, sieht er den Eisengießer.

„In der Tat ein stattliches Denkmal, wirklich sehr gelungen", sagt er. „Es freut mich sehr, dass mein Lebenswerk auch auf diese Weise gewürdigt wird." Dann blickt der Stahlbaron den Oberbürgermeister nachdenklich an. „Ein Eisengießer und ein Dienstmann, zwei einfache Leute aus dem Volk also. Wollt Ihr diese beiden tatsächlich um Mithilfe bitten?"

„Nein nein, das war natürlich nicht ernst gemeint. Ich kann doch nicht mit lauter Denkm…" Er stockt mitten im Satz, schüttelt heftig den Kopf und schlägt sich mit der flachen Hand heftig auf die Stirn. „Bleib jetzt ganz ruhig, Jürgen und dreh´ jetzt bloß nicht durch. Du schließt ganz einfach deine Augen, atmest ein paar Mal tief durch, und wenn du sie wieder aufmachst, dann ist dieser Spuk hier sicherlich zu Ende", sagt er zu sich selbst.

Gesagt, getan. OB Nachneuber-Deckerfried presst krampfhaft die Augen zusammen und macht seine selbst verordneten Atemübungen. Dann zuerst ein zaghaftes Blinzeln. Schließlich reißt er die Augen ganz weit auf. Der Freiherr … ist tatsächlich verschwunden. *Also doch nur geträumt, oder war es vielleicht eine vorübergehende Bewusstseinstrübung?*, fragt er sich. Erleichterung macht sich in ihm breit. *Du bist einfach nur völlig überarbeitet, Jürgen*, denkt er sich. *Nun aber nichts wie nach Hause, ins Bett. Morgen früh geht es dir hoffentlich wieder besser.* Und schon trottet er los in Richtung Hüttenberg, mit gesenktem Kopf, ohne sich noch einmal umzudrehen.

„Na endlich, da seid Ihr ja, Jürgen", hört er die Stimme des Freiherrn plötzlich vor sich. Entsetzt hebt er den Kopf. Karl-Ferdinand steht vor dem Denkmal des Eisengießers und streckt diesem von unten seinen Gehstock entgegen. Und siehe da, Jürgen Nachneuber-Deckerfried bleibt wie angewurzelt stehen, der Eisengießer beginnt sich zu bewegen, lässt die lange Schöpfkelle zur Seite fallen, springt dann mit einem Satz laut scheppernd vom Denkmalsockel, reibt sich die steifen Gelenke und sagt. „Hoch verehrter Herr von Schdumm, ich kanns jo iwerhaupt net glaawe, dass Se mir, ´nem simple Arbeiter aus de Palz die Hand reiche. Wenn des mei Frau noch hätt erläwe dürfe."

„Gerne geschehen, guter Mann, Ihr werdet schließlich gebraucht. Ein Pfälzer seid Ihr also. Wo kommt Ihr denn her?"

„Ei, aus Glan-Münchweiler kumm ich eichentlich, Herr von Schdumm. Im Schlofhaus hab ich emol hier gewohnt, bis ich mei Frau kennegelernt hab. Die hodd … äh, die hatte im Hiddekrankehaus geschafft, und scheen war se."

Jürgen Nachneuber-Deckerfried muss heimlich grinsen, weil der Eisengießer sich krampfhaft darum bemüht, mit dem Freiherrn hochdeutsch zu sprechen. Nur, so ganz will es ihm einfach nicht gelingen.

„Drum hab ich se aach geheirat und dann, habe mer uns e Wohnung gesucht in de Ritzwies. Do hodd … äh, da hatte ich es auch net weit uf die Hidd gehabt", fährt der Eisengießer fort. „Awer … was wolle se denn eichentlich von mir, Herr von Schdumm? Ja, soll ich dann vielleicht noch emol auf die Hidd schaffe geh´n? Ei, des wär mir eichentlich jo net so recht."

„Keine Sorge, guter Mann", beruhigt ihn der Freiherr. „Ihr werdet hier nicht als Arbeiter gebraucht, sondern sollt mithelfen, die Stadt vor dem Untergang zu retten."

„Ach Gott, ach Gott, ja hodd denn die Blies schon widder emol Hochwasser, Herr von Schdumm?", erwidert der Eisengießer.

„Unsinn, wir haben hier ganz andere Sorgen. Wie kommt Ihr denn auf so etwas? Der Oberbürgermeister wird uns nachher einen ausführlichen Lagebericht abgeben. Dann werden wir gemeinsam überlegen, was wir tun können, um der Stadt zu helfen. Das wollt Ihr doch sicherlich auch, oder?"

„Ei freilich, Herr von Schdumm, des hier es jo auch mei Schdadt, selbst wenn ich aus de Palz … äh, ich meine aus der Pfalz komme."

„Na schön, guter Mann, dann kommt mal mit", erwidert der Freiherr und stapft die Stummstraße wieder hinunter Richtung Sense Eduard. Der Freiherr reicht dem Denkmal des Eduard Sens die Hand, der sie nach ein paar Sekunden tatsächlich auch ergreift. Dann steht er auf, reckt und streckt sich ein wenig und sagt: „Ei ich glawes jo net, de Herr Schdumm persönlich gebt mir die Hand unn ich kann mich wedder beweje. Ei wie geht's Ihne dann so?"

„Danke gut, mein Bester", erwidert der Freiherr, „aber könntet Ihr euch bitte etwas verständlicher ausdrücken, wenigstens so lange, bis ich mich wieder an diesen Dialekt hier gewöhnt habe. Das gilt gleichermaßen auch für den Herrn hier aus der Pfalz."

„Kein Problem, werter Herr, als Dienstmann hatte ich schließlich öfter mal mit auswärtigen Herrschaften zu tun, die dem Neinkerjer Platt nicht gewachsen waren. Reden wir also hochdeutsch miteinander", näselt Sense Eduard und verneigt sich formvollendet vor dem Freiherrn.

„Unn ich … äh, ich meine … ich geb mir halt auch Müh, dass se mich gut verschdehn, Herr von Schdumm", schiebt der Eisengießer nach.

„Oh Gott, e Pälzer", entfährt es dem Sense Eduard.

Ein strafender Blick des Freiherrn lässt ihn rasch verstummen.

Der Sense Eduard hat die Situation blitzschnell erfasst und versucht nun, die Gunst des Stahlbarons für sich zu gewinnen. „Ach wissen Sie, Herr von Stumm, Sie dürfen diesen einfältigen Menschen nicht überfordern. Lassen Sie ihn doch einfach so reden, wie ihm der Schnabel gewachsen ist. Ich werde es Ihnen dann schon übersetzen", gibt er in gestochenem Hochdeutsch von sich.

„Was hodd der Strolch do aweil grad gesacht, der ungehowelte Kerl do? Ei des is jo e Unverschämtheit. Na wart, dir werd ich jetzt emol zeiche, was e einfältiger Mensch is", schnauft der Eisengießer wütend und will dem Sense Eduard mit seiner Schöpfkelle einen Schlag verpassen. Doch der kann sich gerade noch mit einem Sprung zur Seite retten.

„Einhalten, haltet sofort ein, Männer", befiehlt der Freiherr mit lauter Stimme und reißt dem Eisengießer die Kelle aus der Hand. „Ich dulde hier keinen Streit. Ich erwarte von Ihnen, dass Sie sich als Denkmäler dieser Stadt Ihrer Vorbildrolle würdig erweisen und Ihre ganze Tatkraft der Rettung Neunkirchens widmen, statt hier noch mehr zu zerstören. Habe ich mich deutlich genug ausgedrückt, meine Herren?"

Diese Standpauke hat gesessen, jedenfalls lassen die beiden Streithähne augenblicklich voneinander ab und der Eisengießer senkt schuldbewusst den Kopf. Und der Sense Eduard? Der richtet sich kerzengerade auf, rückt seine Dienstmann-Mütze wieder zurecht, klopft sich den Staub von seiner Dienst-mann-Uniform und erwidert nach einem verächtlichen Blick auf den Eisengießer: „Sie haben ja völlig Recht, Herr von Stumm. Sie können sich ganz auf mich verlassen, aber für den da …", er deutet mit dem Kopf in Richtung Eisengießer und fährt fort, „für den möchte ich die Hand nicht ins Feuer legen."

Den ermahnenden Blick des Oberbürgermeisters, der ihm mit dem Zeigefinger über dem Mund andeutet, jetzt besser zu schweigen, quittiert er mit einem stummen Nicken.

Karl-Ferdinand von Stumm mustert die merkwürdige Gesellschaft und stellt fest: „Nun, dann wären wir also zu viert, Herr Oberbürgermeister. Ich denke, das dürfte für ein Beratungsgremium genügen."

OB Nachneuber-Deckerfried schüttelt jedoch den Kopf. „Verzeihen Sie bitte, Karl-Ferdinand, aber ich finde, die Angelegenheit ist von derart großer Bedeutung, dass wir die Verantwortung auf möglichst viele Schultern verteilen sollten."

„Typisch Politiker, nur nix allän entscheide", entfährt es dem Sense Eduard. „Entschuldigung, Herr Oberbürgermeister, das ist mir jetzt nur so rausgerutscht", schiebt er sicherheitshalber gleich nach.

Der OB, an derartige Attacken gewöhnt, überhört die despektierliche Bemerkung und fährt fort: „Außerdem, das weibliche Geschlecht sollte meiner Meinung nach ebenfalls in unserem Gremium vertreten sein."

„Weiwer? Ei des gibt's jo net. Seit wann hann dann Weiwer hier ebbes zu sache? Ei des is jo kei Wunner, wenn hier alles drunner un driwer geht."

„Do hat er jo jetzt werklich emol recht, de Pälzer do", schiebt der Sense Eduard in tiefstem saarländischen Platt nach.

Selbst der Freiherr ist etwas irritiert und schaut Nachneuber-Deckerfried fragend an.

„Eine Dame? Ihr wollt tatsächlich eine Dame als Beraterin mitwirken lassen?", fragt er.

„Ja, aber das ist doch selbstverständlich, meine Herren", erwidert der Oberbürgermeister. „Wir leben schließlich in einer Demokratie, im Zeitalter der Gleichberechtigung. Frauen spielen in unserer heutigen Gesellschaft und vor allem in der Politik eine ganz wichtige Rolle. Ich hätte da auch schon eine Idee, wen wir vielleicht noch beteiligen könnten. Im Stadtpark steht das Denkmal einer Mutter mit spielendem Kind. Diese beiden könnten bei unseren Beratungen nicht nur die Interessen des weiblichen Geschlechts, sondern auch die der Jugend sicherlich gut vertreten."

„Nun gut, wenn Ihr meint, Jürgen, dann sollten wir uns die Dame und das Kind mal anschauen", erwidert der Freiherr.

Der OB nickt zustimmend. „Ich schlage vor, dass wir uns gleich auf den Weg machen", sagt er und setzt sich an die Spitze der ungewöhnlichen kleinen Truppe, die nach einer knappen Viertelstunde das Denkmal im Stadtpark erreicht.

„Ei des is jo e klasse Weib", entfährt es dem Eisengießer, und auch der Sense Eduard schnalzt anerkennend mit der Zunge und zupft sich seine Uniform zurecht.

„Meine Herren, ich muss doch sehr bitten. Dieses Benehmen in Gegenwart einer Dame geziemt sich einfach nicht", weist der Freiherr die beiden in die Schranken. Dann richtet er seinen Blick auf die Mutter. „Verzeiht diesen beiden Herrschaften ihr ungebührliches Benehmen, werte Frau und steigt bitte herab von eurem Sockel."

Galant steckt er ihr den rechten Arm entgegen, und … tatsächlich, auch Mutter und Kind erwachen wieder zu neuem Leben. Die Mutter ergreift die

Hand des Stahlbarons und steigt vom Denkmalsockel herab. Dann dreht sie sich um und streckt ihrer kleinen Tochter die Arme entgegen, die ihr um den Hals fällt und sie herzhaft küsst.

„Mama, Mama, endlich können wir uns wieder bewegen und müssen nicht mehr den ganzen Tag hier herumstehen", jubelt sie. „Lass mich bitte herunter, ich will endlich wieder mal mit meinem Ball spielen." Dann erblickt sie den Eisengießer und erschrickt ein wenig. „Was ist denn das für ein komischer Mann, warum hat er denn eine Schürze an und so einen komischen Hut auf dem Kopf? Und wozu braucht er denn den riesig großen Löffel da, Mama?", fragt sie, was die ganze Truppe zum Schmunzeln bringt.

„Weil die Pälzer all e großie Klapp hann unn net genuch kriehn kenne, wenn's Supp gebt", kichert der Sense Eduard.

Der Eisengießer läuft vor Wut schnaubend fast glühend rot an. „Ei des is jo e Unverschämtheit von dem Kerl do. Pass bloß uf, sonscht kriegschde dene Löffel do grad emol uf dei dummer Kopp gehau", schnauft er.

„Geht das denn schon wieder los, meine Herren", fährt der Freiherr dazwischen. „Ich fordere Sie noch einmal eindringlich auf, sich endlich wie disziplinierte Menschen zu verhalten. Ansonsten werde ich Sie unverzüglich aus dem Beratergremium ausschließen."

Sofort verstummen die Beiden.

„Hör zu, mein Kind", fährt Karl-Ferdinand fort. „Dieser große Löffel ist eine Schöpfkelle, mit dem man geschmolzenes Eisen in ein Gefäß schöpft, in der es beim Erkalten eine den Konturen des Gefäßes entsprechende Form annimmt. Hast du das verstanden?"

Das Mädchen schüttelt den Kopf, mit verschämtem Blick nach unten. Dann schaut es seine Mutter an und sagt: „Können wir nicht mal wieder Straßenbahn fahren, Mama? Ich bin schon so lange nicht mehr mit der Straßenbahn gefahren. Bitte bitte, Mama."

„Die Straßenbahn fährt aber schon lange nicht mehr durch Neunkirchen, mein Kind", gibt der OB zur Antwort.

„Ach, schade, das hat immer so viel Spaß gemacht", erwidert die Kleine enttäuscht.

„Moment mal", sagt der OB, „mir kommt da eine Idee. Wenn es dem Freiherrn gelingt, Denkmäler wieder zum Leben zu erwecken, dann funktioniert´s ja möglicherweise auch bei der Straßenbahn."

„Gibt es denn hier doch noch eine Straßenbahn?", fragt von Stumm.

„Ja, aber eigentlich kein Richtige mehr", antwortet der OB.

„Was soll das denn bedeuten, Jürgen? Ihr müsst euch schon etwas deutlicher ausdrücken."

„Also, auf dem Gelände der Neunkircher Verkehrsgesellschaft steht noch ein Triebwagen, ein echter sogar, dem aber kaum noch jemand Beachtung schenkt."

„Nun, dann lasst uns einfach mal dorthin gehen. Ich will gerne versuchen, auch diesem Denkmal neues Leben einzuhauchen", sagt der Freiherr. „Ihr geht bitte voran, Herr Oberbürgermeister, und alle anderen schließen sich an."

So trottet schließlich Nachneuber-Deckerfried, gefolgt vom Freiherrn von Stumm, dem Eisengießer, dem Sense Eduard und von der Mutter mit Kind in Richtung des Geländes der Verkehrsgesellschaft. Vor dem Straßenbahnwagen angekommen schütteln Mutter und Tochter offenbar gleichermaßen enttäuscht die Köpfe.

„Aber das ist doch gar nicht die Straßenbahn, mit der wir immer gefahren sind, Mama", sagt das Mädchen.

„Nein, dieses Gefährt hat es zu deiner Zeit noch nicht in Neunkirchen gegeben, mein Kind", brummt der Sense Eduard und fügt an, „die Straßenbahn sah damals noch etwas anders aus. Aber die hier, die ist bis zum letzten Tag unzählig oft an mir vorbei den Hüttenberg hinauf- und wieder hinuntergefahren und hat so wenigstens etwas Abwechslung in mein ansonsten eher langweiliges Denkmal-Dasein gebracht."

„Nun denn, wir werden sehen, ob man sie wieder zum Leben erwecken, äh, ich wollte sagen, in Gang setzen kann", erwidert der Freiherr und versucht mit der rechten Hand, die Tür des Triebwagens zu öffnen. Und siehe da, wie von Zauberhand öffnen sich tatsächlich die Einstiegstüren. Begeistert stürmt das kleine Mädchen in den Wagen, gefolgt von seiner Mutter.

Nacheinander steigen auch die anderen ein und setzen sich auf die verstaubten Sitzplätze. Doch der Triebwagen rührt sich nicht vom Fleck.

„Und was jetzt?", fragt der Freiherr und schaut den OB erwartungsvoll dabei an.

„Ich, äh ... ich habe keine Ahnung, wie das Ding funktioniert", erwidert dieser.

„Ei, des is doch ganz einfach, man muss nur an dere Kurbel do vorne es bissje drehe", sagt der Eisengießer, geht ein Stück näher in Richtung Fahrerstand und tippt die Kurbel sicherheitshalber mit seiner Kelle aus gebührendem Abstand an, worauf sich der Wagen sofort in Bewegung setzt und der Eisengießer rücklings zu Boden fällt. Der OB und der Freiherr heben ihn wieder auf, während der Sense Eduard geistesgegenwärtig auf den Fahrersitz gesprungen ist und die Kurbel bedient.

„Keine Angst, meine Herrschaften, ich habe alles im Griff", ruft er nach hinten.

„Aber wieso können Sie denn Straßenbahn fahren, Herr Sens? Sie waren doch Dienstmann und kein Straßenbahnchauffeur", fragt der Oberbürgermeister.

Der Sense Eduard kann sich ein Grinsen nicht verkneifen. „Na ja, ein guter Freund von mir war früher bei der Neunkircher Straßenbahn als Fahrer beschäftigt und hat mich oft umsonst mitgenommen, wenn er Dienst hatte. Ich habe dann hinter ihm gesessen, mich mit ihm unterhalten und mir dabei natürlich einiges abgeschaut. Und manchmal, wenn er Spätdienst hatte und die Straßenbahn leer war, dann hat er mich auch schon mal ein kleines Stück selbst fahren lassen."

„Das beruhigt mich aber sehr", erwidert der OB mit einem gewissen Galgenhumor, „aber eins verstehe ich nicht, in der Straße liegen doch gar keine Schienen, und eine Oberleitung zur Stromversorgung gibt es auch nicht mehr."

„Wohl war", sagt der Sense Eduard und kratzt sich dabei nachdenklich am Kopf. „Wie das jetzt funktioniert, weiß ich auch nicht, aber Hauptsache ist doch, dass es geht … äh, ich meine, dass sie fährt, oder?"

Fragend blickt der OB den Freiherrn an. Der zuckt nur mit den Schultern und deutet einen vielsagenden Blick in Richtung Himmel an.

Der Oberbürgermeister nickt dazu nur stumm und brummt leise in den Bart: „So ergeht es einem also, wenn man wahnsinnig wird."

Die Straßenbahn bewegt sich aus dem Gelände der städtischen Verkehrs-
betriebe, schwenkt nach links in die Wellesweiler Straße in Richtung Innenstadt ein, biegt dann in die Bahnhofstraße ab und fährt über den Stummplatz,
vorbei am Einkaufscenter und dem leeren Sockel des Stummdenkmals
Richtung Hüttenberg. Die nächtlichen Fahrgäste staunen über die vielen Veränderungen in der Stadt, die sie aus längst vergangenen Zeiten ganz anders in
Erinnerung haben, während der Oberbürgermeister ihnen alles erklärt und

sich als Stadtführer betätigt. Vorbei geht es an der Christuskirche und dem leeren Sockel vom Eisengießer-Denkmal den Hüttenberg hinauf, an der Marienkirche vorbei über den Oberen Markt, vorbei am Rathaus und dann die Marktstraße hinunter bis zum Mantes-la-Ville-Platz. Der Oberbürgermeister bittet den Sense Eduard, hier anzuhalten.

„Ja, aber warum denn gerade hier?", fragt der merklich enttäuscht, weil er jetzt so richtig in Fahrt ist und die Zweibrücker Straße gerne noch mit Schwung hinauf bis zur Scheib gefahren wäre.

„Weil mir gerade eben eingefallen ist, wen wir vielleicht noch in unser Beratergremium aufnehmen können", erwidert Nachneuber-Deckerfried.

„Ja gibt es denn hier etwa noch ein Denkmal?", fragt der Freiherr erstaunt.

„Ja, Karl-Ferdinand, gleich hier vorne. Es sind ...", der OB stockt kurz und fährt schließlich fort, „wie soll ich es sagen, zwei Skulpturen, die zusammen am Brunnen sitzen und die Städtepartnerschaft zwischen Neunkirchen und der französischen Stadt Mantes-la-Ville symbolisieren sollen", erklärt er.

Als der Wagen hält, steigen alle aus und betrachten das Kunstwerk.

„Oh je, die hann jo rischdische Eierkepp", entfährt es dem Eisengießer, „die siehn jo emol ganz komisch aus."

„Do haschde jetzt recht", kontert der Sense Eduard, „genau so bleed wie du, du Eierkopp" und zeigt dabei in Richtung des Eisengießers, der ihm daraufhin mit der Schöpfkelle mal wieder einen Schlag zu verpassen versucht. Der Eduard flüchtet sich schutzsuchend hinter den Freiherrn, der die beiden Streithähne in barschem Ton erneut in die Schranken weist. Dann versucht er, wie bereits bei den anderen Denkmälern, die beiden Gestalten zum Leben zu erwecken, aber das will ihm hier partout nicht gelingen.

„Es tut mir leid, ich habe keine Ahnung, warum es diesmal nicht funktioniert", sagt er in Richtung OB.

„Ich auch nicht", erwidert dieser und kratzt sich nachdenklich am Kopf. „Aber vielleicht liegt es ja daran, dass diese Figuren hier nur eine Art Symbolcharakter haben und keine echten Personen darstellen, die früher tatsächlich mal gelebt haben", sinniert er.

„Ja, das könnte durchaus sein", pflichtet ihm der Freiherr bei. „Gibt es denn in dieser Stadt vielleicht sonst noch irgendwo ein richtiges Denkmal?", fragt er.

„Ja, gleich dort hinten vor dem Ellenfeld-Stadion steht das Denkmal eines Fußballers", erwidert der OB.

„Ein Fußballer? Ein Denkmal für einen Fußballer?", erwidert Karl-Ferdinand und schüttelt verständnislos den Kopf. „Nun, dann lasst es uns meinethalben auch dort noch versuchen", brummt er missmutig in seinen Bart, „aber dann soll es auch genug gewesen sein."

So trottet der ganze Tross schließlich in Richtung Ellenfeld, wo auch der Fußballer durch die Hand des Stahlbarons wieder zu neuem Leben erwacht, sich gleich darauf reckt und streckt und sofort mit ein paar Dehnübungen beginnt.

„Vielen Dank, dass ich mich endlich mal wieder bewegen kann", sagt er. „Ich hab's schon lange satt, jahrein, jahraus hier wie ein Ölgötze vor dem Stadion zu stehen, in dem ich früher selbst viele Jahre gespielt habe, obwohl ich kein gebürtiger Neunkircher bin. Nein, dieses Herumstehen auf einem Sockel, das ist einfach nichts für mich. Früher, da strömten die Leute hier wenigstens noch in Scharen vorbei, aber was ich so mitbekommen habe, spielt die Borussia heute wohl nur noch in einer Liga, die keinen mehr richtig zu interessieren scheint."

„Oh ja, da haben Sie leider recht", seufzt der OB und nickt heftig mit dem Kopf dabei. „Die schlechten Zeiten haben auch vor unserem Traditionsverein, der in der Vergangenheit viele Erfolge gefeiert und sogar ein paar Jahre in der Bundesliga gespielt hat, nicht haltgemacht. Denn auch dem Verein mangelt es genau so wie der Stadt am notwendigen Geld. Die Borussia brauchte dringend Sponsoren, um wieder an die sportlichen Erfolge in der Vergangenheit anknüpfen zu können."

„Aber sportliche Erfolge kann man doch wohl nicht am Geld festmachen, Herr Oberbürgermeister", erwidert der Fußballer. „Das verstehe ich nicht. Wir hatten früher auch ohne Geld Erfolg, weil wir guten Fußball gespielt haben. Das hat doch mit Geld nichts zu tun."

Er erntet dafür nur ein mitleidiges Lächeln des Oberbürgermeisters. „Mag sein", erwidert der, „aber diese Zeiten sind leider schon lange vorbei. Heute zählt in allen Bereichen nur noch das Geld, gerade auch beim Sport. Vereine mit dem meisten Geld kaufen die besten Spieler ein und feiern damit sportlichen Erfolg, während die anderen ums nackte Überleben kämpfen müssen."

„Aber das ist ja schrecklich, was Sie da sagen, Herr Oberbürgermeister", antwortet der Fußballer. „Spieler kaufen? Das klingt ja nach Menschenhandel. Nein, das kann ich nicht glauben."

„Ist aber so, leider", erwidert der OB.

„Nun, dann bin ich aber froh, dass ich noch in einer anderen Zeit Fußball gespielt habe, wo es nur um den Sport und die Ehre ging."

„Die guten alten Zeiten, die Sie noch erlebt haben, gibt´s leider nicht mehr, und für diese Bemerkung würden sie bei heutigen Spielern wohl nur ein unverständliches Kopfschütteln auslösen", sagt Nachneuber-Deckerfried, was der Fußballer seinerseits mit einem Kopfschütteln quittiert.

„Ich möchte ihre angeregte Unterhaltung nur ungern unterbrechen, meine Herren, aber wir haben schließlich eine Mission zu erfüllen, die keinen weiteren Aufschub duldet", wirft von Stumm ein. „Wir sollten uns nun zu einem Ort begeben, wo wir uns dieser Aufgabe in Ruhe widmen können. Was schlagen Sie also vor, Jürgen?"

„Ich, äh ...", der OB kratzt sich verlegen am Kopf, „ein ruhiger Ort, tja, aber wohin? Ins Rathaus können wir ja wohl schlecht gehen, wenn uns, nein, wenn mich dort um diese Zeit noch jemand sehen sollte ... Aber wo könnten wir denn sonst noch hin?", sinniert er und begibt sich langsam wieder zurück in Richtung Straßenbahn, worauf ihm der ganze Tross unaufgefordert folgt.

„Was ist denn das für ein Gebäude hier links?", fragt der Freiherr.

„Ein Lebensmittelmarkt", antwortet der Oberbürgermeister, ohne den Kopf dabei zu heben.

„Nein, Jürgen, ich meine doch das Gebäude mit dem hohen Turm und dem geschwungenen Dach. Ist das etwa eine Kirche?"

„Nein, hier gibt es keine Kirche, nur den Lebensmittelmarkt und der hat keinen Turm und auch kein geschwungenes Dach", knurrt Nachneuber-Deckerfried, noch immer vor sich hin grübelnd.

„Aber so seht doch selbst, Jürgen", erwidert der Stahlbaron.

Missmutig hebt der OB den Kopf und blickt nach rechts. Vor Schreck verschlägt es ihm fast den Atem. Vor ihnen erhebt sich ..., er reibt sich sicherheitshalber nochmals die Augen, tatsächlich das alte Stadtbad, das früher einmal hier gestanden hatte und abgerissen wurde. „Das glaube ich jetzt nicht. Ich bin wohl völlig verrückt geworden. Kein Zweifel. Ich laufe hier mitten in die Nacht mit Denkmälern durch die Gegend, ich fahre mit der Straßenbahn, die es schon lange nicht mehr gibt und jetzt tauchen auch noch längst abgerissene Bauwerke aus der Vergangenheit vor mir auf. Ich muss hier weg, so schnell es geht. Nach Hause ... eine heiße Dusche ... einen starken Kaffee ...", stammelt er und will Hals über Kopf davonlaufen. Doch der Freiherr hält ihn am Arm fest und drückt ihn kurz an sich.

„So beruhigt Euch doch, Jürgen", sagt er. „Ihr seid nicht verrückt, vielleicht etwas überarbeitet, aber sonst nichts. Diese Nacht hier gibt uns allen Rätsel auf, aber verrückt ist keiner von uns."

„Doch, doch", wirft der Eisengießer kichernd ein. „Mir sin hier all verrückt, bis uf dene Mensch do", sagt er, auf Nachneuber-Deckerfried zeigend.

„Was brabbelt der Pälzer do?", erwidert der Sense Eduard.

„Ei, des is doch ganz simpel, du Simpel", kontert der Eisengießer und kann sich vor Lachen kaum noch halten. In astreinem Hochdeutsch fährt er fort: „Ein Denkmal, welches sich nicht mehr auf seinem Sockel befindet, ist doch verrückt ... vom Sockel meine ich. Verstehste dene Witz jetzt endlich, du bleeder Kofferschlepper", prustet er los, klopft sich vor Lachen wiehernd auf die Schenkel und fängt flugs an zu dichten:

„Wenn's Denkmal man vom Sockel rückt

gilt selbiges dann als verrückt."

„Ich glab's net", stöhnt der Sense Eduard und schiebt spontan einen Reim hinterher:

„Ein Pfälzer reimt, wie jeder weiß

zusammen sich den größten Scheiß."

„Genug jetzt, meine Herren. Ich dulde hier keine weiteren Unflätigkeiten mehr", unterbricht ihn Karl-Ferdinand. „Lassen Sie uns jetzt endlich zu

Werke gehen", sagt er und stapft die Treppe zur Eingangstür vom Hallenbad hinauf, worauf ihm alle anderen stillschweigend folgen und schließlich in die Schwimmhalle gelangen. Ein großes Schwimmbecken mit azurblauem Wasser, von oben mit mächtigen Deckenleuchten angestrahlt, liegt vor Ihnen.

„Oh, wie schön das ist", ruft das kleine Mädchen vor Begeisterung und stürmt in Richtung des Beckens. „Darf ich da rein, Mama, bitte?"

„Aber nur hier vorne bis zu der roten Schnur im Wasser, mein Kind. Das ist der Nichtschwimmerbereich. Du kannst doch sicherlich noch nicht schwimmen, oder?", fragt Nachneuber-Deckerfried.

„Nein, das kann sie wirklich nicht", antwortet ihre Mutter und ruft der Kleinen zu: „Hörst du, was der Mann da gerade gesagt hat, nicht weiter als bis zur roten Schnur."

„Ja, Mama, ich passe schon auf", erwidert die Kleine und springt gleich darauf mit ihrem Ball ins Wasser.

„So, die Kleine wäre fürs Erste beschäftigt", stellt der Freiherr fest. „Ich schlage vor, wir tagen hier direkt vor dem Becken, damit wir das Kind im Auge behalten können." Den Fußballer und den Sense Eduard bittet er, sich im Hallenbad nach ein paar Stühlen und einem Tisch umzusehen und diese vor dem Becken aufzustellen. Die beiden trollen sich davon und schleppen kurz darauf eine Tischtennisplatte sowie ein paar Holzkisten an, was von Stumm mit missbilligenden Blicken quittiert.

„Tut mir leid, Herr Direktor, wir haben hier wirklich alles durchsucht, aber sonst nichts Besseres gefunden", entschuldigt sich der Fußballer.

„Nun gut, meine Herren, der Zweck heiligt die Mittel. Darf ich Sie und die Dame nun bitten, Platz zu nehmen, damit wir endlich mit unserer Sitzung beginnen können." Der Freiherr bittet den Oberbürgermeister, sich zusammen mit der Frau aus dem Stadtpark und dem Fußballer auf die eine Seite der Tischtennisplatte zu setzen, während er den Eisengießer und den Sense Eduard zu sich auf die gegenüberliegende Seite bittet. „Ich denke, diese Aufteilung entspricht noch am ehesten der Altersstruktur und den Interessen aller Beteiligten", sagt er.

„Wir sollten zuerst einen Versammlungsleiter und einen Schriftführer bestimmen, bevor wir in die Beratungen einsteigen", schlägt der Oberbürgermeister vor.

„Nun gut, dann plädiere ich für Herrn Nachneuber-Deckerfried als Versammlungsleiter", ergänzt der Stahlbaron, „und als Schriftführer scheint mir Herr Sens die richtige Wahl zu sein."

Die Vorschläge werden einstimmig angenommen. Der OB ergreift anschließend das Wort, bedankt sich bei allen Beteiligten für ihre Bereitschaft, sich zum Wohle Neunkirchens einzusetzen und gibt zunächst einen ausführlichen Lagebericht zur Situation der ehemaligen Hütten- und Grubenstadt, die so dringend Überlebensperspektiven braucht.

„Über die klassischen Wege zur Schaffung von Arbeitsplätzen und damit verbundene Einnahmen für unsere Stadt brauchen wir uns wirklich keine Gedanken mehr zu machen, soviel steht jedenfalls fest, meine Dame und meine Herren. Diesbezüglich haben wir bereits alles versucht, leider ohne den gewünschten Erfolg. Was wir brauchen, sind völlig neue Ansätze, die uns Alleinstellungsmerkmale im Vergleich zu anderen Städten und Gemeinden verschaffen. Eines unserer Hauptprobleme ist meiner festen Überzeugung nach, dass wir viel zu wenig Anreize liefern, unsere Stadt zu besuchen oder gar hier zu wohnen. Wir haben nun mal keine historische Altstadt oder andere Sehenswürdigkeiten, vom Zoo und den Musical-Aktivitäten einmal abgesehen. Aber das alles reicht übers Jahr gesehen einfach nicht aus. Da hilft auch ein Freizeitpark mit künstlichen Urzeittieren in der Nachbargemeinde kaum weiter. Ich möchte Sie daher alle bitten, möglichst vollkommen neue und spektakuläre Ideen und Visionen zu entwickeln. Ich möchte es mal salopp formulieren, jede noch so verrückt erscheinende Idee ist es zumindest wert, hier präsentiert und hinsichtlich ihrer Realisierungsmöglichkeiten diskutiert zu werden. Also, wer möchte den Anfang machen?"

„Wenn's um was Verrücktes geht, dann sollt' der Pälzer do am beschde anfange", wirft der Sense Eduard ein und blickt den Eisengießer grinsend dabei an.

„Ei, des is jo widder mol e Frechheit von dem saudumme Kofferschlepper do", echauffiert sich dieser und fuchtelt erbost mit seiner Schöpfkelle in der

Luft herum, wofür er sich erneut eine Rüge seines einstmals obersten Vorgesetzten einhandelt.

„Und Ihr mäßigt euch jetzt endlich mit derart despektierlichen Bemerkungen gegen den fleißigen Mann hier, werter Herr Sens, habt Ihr das verstanden", knöpft dieser sich anschließend auch noch den Sense Eduard vor.

„Ja ja, ist ja schon gut. Ich bitte um Entschuldigung", erwidert der Eduard merklich eingeschüchtert mit gesenktem Kopf, nicht ohne ein kaum hörbares „bekloppt is er awer trotzdem, der Pälzer do", nachzuschieben, was der wohl schon etwas schwerhörige Freiherr zum Glück nicht vernommen hat.

Der OB signalisiert dem Sense Eduard mit unmissverständlichen Blicken, zu schweigen, räuspert sich und bittet alle Beteiligten, sich dem Ernst der Angelegenheit angemessen und diszipliniert zu verhalten und respektvoll miteinander umzugehen. „Darf ich als Versammlungsleiter der Vorschlag machen, dass wir zunächst unseren sehr verehrten Freiherrn von Stumm zu Wort kommen lassen", schlägt er vor. „Keinem Geringeren als ihm, der unsere Stadt so nachhaltig geprägt hat und die ihm auch vieles zu verdanken hat, gebührt es, den ersten Vorschlag zu machen", sagt er mit einer leichten Verbeugung in Richtung Karl-Ferdinands, wofür er zustimmendes Nicken von allen Teilnehmern der nächtlichen Tafelrunde erhält.

Von Stumm erhebt sich und stützt sich mit den Armen auf die Tischtennisplatte, die daraufhin zu kippen droht. Doch geistesgegenwärtig stemmt
sich der Fußballer auf der anderen Seite des Tisches mit beiden Armen da-

gegen. „Nun denn, meine Dame, meine Herren, vielen Dank für die Ehre, die ich durchaus zu würdigen weiß." Dann verschränkt er die Arme und streicht sich mit der linken Hand nachdenklich durch den Bart. „Es fällt mir durchaus nicht leicht, einen passenden Vorschlag zu unterbreiten, denn schließlich bin ich schon sehr lange Zeit nicht mehr durch unsere Stadt gefahren, so wie heute Nacht. Einiges gefällt mir offen gestanden überhaupt nicht, vor allem, wenn ich sehe, was aus meinem Lebenswerk letztlich geworden ist. Aber sei's drum, daran ist jetzt ja wohl nichts mehr zu ändern. Ich freue mich natürlich sehr darüber, dass man mir immerhin ein Denkmal gesetzt hat und dass der Platz, auf dem es steht, meinen Namen trägt. Der freie Blick in Richtung meines ehemaligen Werkes ist mir ja leider durch dieses Einkaufs-zentrum verwehrt. Schade, aber damit muss ich mich wohl abfinden. Nun fällt mein Blick statt dessen auf zwei Plätze, die mir unverständlicherweise durch eine Straße, die Lindenallee nennt man sie wohl, zerschnitten sind. Viel schöner, als sie durch eine Verkehrsstraße mit Lärm und Gestank von vorbeifahrenden Autos zu zerschneiden, fände ich es, beide Plätze mit-einander zu verbinden, um ungestört hier Flanieren zu können. Und dieses merkwürdige runde Gebäude auf der anderen Straßenseite, für das sich wohl keine rechte Verwendung findet, versperrt mir auch noch den Blick in die Straße, die zum Bahnhof führt und die einmal über den Hüttenberg hinauf bis hin zur Scheib eine zentrale Verkehrs- und Lebensader dieser Stadt war. Ach ja, auf einem richtig großen Stummplatz würden sicherlich auch noch ein paar Pferdedroschken Platz finden, mit denen man sich ohne den störenden Lärm von Motoren herumkutschieren lassen könnte. Ich glaube, das würde unserer Stadt wenigstens einen Hauch von Atmosphäre verleihen und den Bürgern bestimmt ganz gut gefallen. Tja, was fällt mir denn sonst noch so ein ...", grübelt Karl-Ferdinand weiter. „Ich könnte mir im Bereich der ehemaligen Hüttenanlagen auch eine Besucherstätte vorstellen, in der die Eisenerzeugung sowie das Gießen von Eisen und Stahl und meinethalben auch sonstige alte Handwerkstraditionen im Umfeld des Eisenwerkes wie etwa das Schmiedehandwerk und das Herstellen von Werkzeugen präsentiert werden könnten."

„Verstehe", nickt der OB, „Sie meinen wohl so etwas wie ein Eisenwerk-Erlebnismuseum, Karl-Ferdinand?"

„Nun, wenn Ihr es so auszudrücken beliebt, meinetwegen."

„Sie haben es gehört, Herr Sens. Notieren Sie bitte als Vorschlag unseres verehrten Herrn von Stumm die Umgestaltung des Stummplatzes und die Einrichtung eines Eisenwerk-Erlebnismuseums", bittet Nachneuber-Deckerfried den ehemaligen Dienstmann Nr. 2. „Und vergessen Sie die Pferdedroschken nicht", schiebt er hinterher.

„Sehr gerne, aber bloß wie, Herr Oberbürgermeister, ich habe ja nichts zum Schreiben dabei", erwidert dieser.

„Kein Problem, nehmen Sie bitte meinen Notizblock und den Stift hier", sagt der OB und reicht dem Dienstmann die Schreibutensilien über den Tisch. „Als Nächste darf ich vielleicht die Dame aus dem Stadtpark um eine Wortmeldung bitten", schlägt er vor.

Die Mutter, die sich in der Männerrunde sichtlich etwas unbehaglich fühlt, räuspert sich verlegen. „Oh Gott, was soll ich als Frau denn dazu sagen, ich ... äh, ich weiß es wirklich nicht."

„Nur Mut", ermuntert sie der OB, „was heißt denn hier 'ich als Frau', schließlich leben wir im Zeitalter der Gleichberechtigung. Sagen Sie einfach nur frei heraus, was Sie sich gerne wünschen würden."

„Ich weiß schon was, Mama", ruft die Tochter, die vom Beckenrand aus zugehört hat, noch ehe die Mutter eine Antwort geben kann, „ich würde mir wünschen, dass die Straßenbahn so wie früher wieder durch Neunkirchen führt. Das war doch richtig schön eben, mal wieder Straßenbahn zu fahren", was OB Nachneuber-Deckerfried jedoch mit einem missbilligenden Kopf-schütteln quittiert.

Die Kleine blickt ihn mit traurigen Augen an. „Ach bitte, bitte, Herr Obermeister", bettelt sie.

„Oh ja, bitte bitte, Herr Obermeister", äfft ihr der Sense Eduard mit flehenden Blicken in Richtung des Oberbürgermeisters nach, was die illustre Gesellschaft zum Schmunzeln bringt.

„Na schön, Herr Sens, dann schreiben Sie meinetwegen auch noch die Wiedereinführung der Straßenbahn auf den Wunschze..., äh, ich meine auf die Vorschlagsliste.

„Zu Diensten, der Herr und die Dame", erwidert dieser und knallt mit militärischem Gruß die Hacken zusammen.

Die Mutter, vom Vorstoß der eigenen Tochter ermutigt, hebt schüchtern die Hand. „Ich ... hätte dann vielleicht doch einen Vorschlag zu machen. Boot fahren, also Ruderboot fahren hier in der Stadt, das fände ich sehr schön. Ja, vielleicht einen Weiher, auf dem man Boot fahren könnte und in dem die Kinder planschen dürften", sagt sie etwas verschüchtert. „Früher gab es hier mal in der Stadt so einen Weiher, auf dem konnte man im Sommer sogar abends mit beleuchteten Booten fahren und manchmal hat auch eine Kapelle dort gespielt."

„Ja, Sie haben recht. Davon habe ich auch schon gehört. Ich glaube, das war am Hüttenweiher. Nun, den gibt es immer noch", sinniert Nachneuber-Deckerfried, „aber der fristet seit Jahren eigentlich nur ein Schattendasein am Rande der Lindenallee." Dann wendet er sich in Richtung Sense-Eduard und trägt ihm auf, als weiteren Vorschlag ´Weiheranlage zum Bootfahren im Bereich der Innenstadt´ zu notieren.

„Aber warum denn nur auf einem Weiher, Mama?", schaltet sich ihre Tochter wieder ein, „das ist doch viel zu langweilig. Hier gibt es doch auch einen Fluss, auf dem würde es bestimmt noch viel viel mehr Spaß machen, mit dem Boot zu fahren."

„Auf der Blies meinst du wohl, mein Kind?", erwidert die Mutter. „Ja, geht denn das überhaupt, ich meine, auf dem Weiher und auf der Blies?", schaut sie fragend den Oberbürgermeister an.

Noch ehe der etwas erwidern kann, bricht es aus dem Sense-Eduard heraus: „Ei das is jo iwerhaupt kenn Problem. Mir hacke e Loch in de Weiher unn leje die Lindealle e bissje diefer. Do kann dann ´s Wasser ninlaafe, unn das Ganze verbinne mir dann weider unne noch emol mit de Blies. Do kannschde dann vom Weiher iwer de Schdummplatz bis no Frankreich mit em Boot fahre", worauf die ganze Gesellschaft in brüllendes Gelächter ausbricht.

„Also gut, Herr Sens", wirft der OB ein und wischt sich lachend ein paar Tränen aus den Augenwinkeln, „schreiben Sie nicht, ´Weiheranlage zum Bootfahren im Bereich der Innenstadt´, sondern ´Bootfahren im Bereich der Innenstadt´ auf. So, ich denke, wir sind schon ein gutes Stück vorangekommen und haben uns jetzt eine kleine Pause redlich verdient. Ich schlage vor, dass wir etwa in einer Viertelstunde wieder weitermachen", sagt er und nestelt nervös an seinem Pfeifenetui herum. Zu lange schon ist es her, seitdem er die letzte Pfeife geraucht hat. Das Pfeifenrauchen ist für ihn ein unverzichtbares Ritual, um im hektischen Tagesablauf eines Oberbürgermeisters mit vielen Terminen, Sitzungen und Veranstaltungen, oftmals bis in den späten Abend, wenigstens hin und wieder ein paar Minuten Entspannung und Ausgleich zu finden. Er steht auf und schlendert am Beckenrand des Stadtbades entlang, das doch eigentlich schon längst nicht mehr existiert, genau so wie die Gestalten um ihn herum. *Das glaubt mir ohnehin kein Mensch, dass ich mich mit Denkmälern unserer Stadt an einem Ort, den es so nicht mehr gibt, über die Zukunft Neunkirchens unterhalte,* sinniert er und hockt sich auf einen der Startblöcke vor dem Sprungturm. Er genießt es, hier ungestört ein Pfeifchen zu schmauchen und dem Mädchen und dem Fußballer zuzuschauen, die sich im Nichtschwimmerbereich am anderen Ende des

Beckens tummeln. Die beiden werfen den kleinen Ball des Kindes abwechselnd dem Eisengießer zu, der ein paar Meter weiter am Beckenrand steht, ihn mit seiner Kelle geschickt auffängt und schwungvoll wieder zurück ins Wasser befördert, was der Kleinen einen Riesenspaß bereitet. Der Freiherr steht hinter ihm und blickt aus den großen Glasscheiben hinaus auf den Mantes-la-Ville-Platz, während der Sense-Eduard den Kopf auf die Tischtennisplatte gestützt vor sich hindöst. Plötzlich klatscht direkt vor dem OB der Ball ins Wasser und sinkt im Nu auf den Boden des an dieser Stelle sehr tiefen Beckens. *Vier Meter fünfzig müssten das sein, wenn ich es noch richtig in Erinnerung habe,* schießt es Nachneuber-Deckerfried durch den Kopf. Kurz darauf hört er die Kleine laut weinen.

„Mein Ball, mein Ball, ich will meinen Ball wiederhaben", schluchzt sie.

„Keine Sorge, Kleines, ich hole das Ding gleich wieder von da unten hoch", ruft der Fußballer, hievt sich mit elegantem Schwung aus dem Nichtschwimmerbereich auf den Beckenrand, rennt zum anderen Ende des Beckens und stürzt sich von einem der Startblöcke mit tollkühnem Hechtsprung ins Becken. Aber noch bevor er richtig zum Abtauchen ansetzen kann, ist er wie von selbst mit beängstigender Geschwindigkeit in der Tiefe verschwunden.

„Auch das noch", stöhnt der OB auf, „diesem hirnlosen Kerl ist wohl gar nicht in den Sinn gekommen, dass er als stählerne Figur in tiefem Wasser einfach absaufen wird und alleine von da unten nie wieder hochkommt. Herr Eisengießer, kommen Sie bitte rasch mit Ihrer Schöpfkelle, vielleicht bekommen wir ihn ja damit wieder nach oben", ruft er dem Eisengießer zu, worauf dieser sich mit polternden Schritten sofort zu ihm auf den Weg macht und die Kelle so tief wie möglich ins Becken eintaucht. Doch es reicht einfach nicht, um damit ganz nach unten zu kommen. Zu allem Elend verliert er dabei völlig den Halt, stürzt ins Wasser und ist Sekundenbruchteile später ebenfalls in der Tiefe verschwunden.

„Das darf doch nicht wahr sein, lieber Gott, hilf mir bitte", bricht es aus dem OB heraus, der den Blick dabei flehend zur Decke richtet.

„Der liebe Gott wird uns wohl kaum helfen, guter Mann, das müssen wir schon alleine versuchen", hört er den Freiherrn hinter sich.

„Aber wie denn bloß, Karl-Ferdinand?"

„Nun, ich denke, wir müssen so schnell wie möglich das Wasser aus dem Becken ablassen", brummt dieser in den Bart,

„Wasser ablassen? Ja, du liebe Güte, ich bin doch kein Bademeister. Ich habe überhaupt keine Ahnung, was man dazu tun muss."

„Na, ganz einfach, wie in der Badewanne, den Stöpsel rausziehen", amüsiert sich der Stahlbaron über die Hilflosigkeit des Stadtoberhauptes.

„Den Stöpsel rausziehen? Wo ist denn hier ein Stöpsel? Oh Gott, ich sehe keinen Stöpsel", jammert der OB völlig verzweifelt.

„Unsinn natürlich", brummt von Stumm in seinen Bart und schüttelt über die Tollpatschigkeit seines Gegenüber missmutig den Kopf. „Wir müssen in den Kellerräumen unter dem Becken nach dem Hauptabflussventil suchen und es schnellstmöglich öffnen."

Die beiden rennen so schnell es geht aus der Schwimmhalle und rasen die Treppe hinunter in den dunklen Keller.

„Und was jetzt", schreit der OB hysterisch, „hier sieht man ja die eigene Hand vor den Augen nicht."

„Keine Panik", ermahnt ihn von Stumm und greift nach einer Holzlatte, die auf dem Boden vor dem Keller liegt. „Gebt mir bitte Euren Schal, Jürgen."

„Meinen Schal? Wozu denn das? Wir brauchen Licht hier, und zwar so schnell es geht", keucht dieser.

„Ihr sagt es, mein Herr. Und dafür brauche ich den Schal und Euer Feuerzeug, mit dem Ihr euch vorhin ihre Pfeife angezündet habt."

Langsam dämmert es dem OB, was von Stumm vorhat. Er wickelt sich den Schal vom Hals und reicht ihn seinem Gegenüber, den dieser an der Latte fest verknotet und dann anzündet. Sekunden später erleuchtet die selbst gemachte Fackel den dunklen Kellerraum.

„Das wird als Lichtquelle wenigstens für eine kurze Weile ausreichen, aber wir müssen uns beeilen", brummt der Stahlbaron. Vor einem dicken Stahlrohr, das von der Kellerdecke in Richtung Kellerboden verläuft und mit einem riesigen Absperrventil versehen ist, bleibt er stehen. „Das müsste es eigentlich sein. Haltet bitte die Fackel, Jürgen, ich will versuchen, das Ventil zu öffnen", sagt er und versucht dann, das Schieberrad zu öffnen. Doch das bewegt sich keinen Millimeter.

„So ein Mist, vermutlich völlig eingerostet", jammert Nachneuber-Deckerfried.

„Nun, da hilft leider nur noch rohe Gewalt", konstatiert von Stumm, ergreift sich einen großen Vorschlaghammer, der irgendwo in der Ecke des Kellers liegt, und hämmert mit aller Kraft solange auf die Verbindung zwischen Ventil und Rohr ein, bis diese mit lautem Getöse zerbirst und ein dicker Wasserschwall mit gewaltigem Druck herausschießt, den Raum unter dem Becken unter Wasser setzt, die Treppen wasserfallartig hinunterstürzt und sich ins Freie ergießt. Die Fackel ist bei dieser Sintflut natürlich sofort erloschen, und so tasten sich die beiden durch kniehohes Wasser in Strömungsrichtung an den Wänden entlang ins Treppenhaus und rennen wieder nach oben. Das Wasserbecken hat sich mittlerweile bereits ein ganzes Stück geleert, sodass sich die beiden vom fast schon trockenen Nicht-schwimmerbereich aus den beiden Unglücksraben an der tiefsten Stelle des Beckens langsam nähern können. Der Eisengießer streckt ihnen mit letzter Kraft von unten seine Schöpfkelle entgegen, die sie ergreifen und das versunkene Denkmal nach oben ziehen, bis der Eisengießer schließlich wieder Halt unter den Füßen bekommt und sich von selbst aufrichten kann. Schnaufend hebt er den Kopf aus dem Wasser, zieht die Kelle sofort wieder an sich und hält sie dem noch immer unten am Beckenboden heftig zappelnden Fußballer entgegen, den sie dann mit vereinten Kräften ebenfalls wieder ins Trockene hieven.

„Oh, Mann, das ist ja gerade noch mal gut gegangen", keucht der OB und stapft, den Fußballer stützend, in Richtung Beckenrand, gefolgt vom Sense Eduard und dem Freiherrn, die den nunmehr völlig geschwächten Eisengießer an den Armen unterhaken und aufs Trockene ziehen. Retter und Gerettete bleiben schließlich völlig erschöpft am Beckenrand liegen, während Mutter und Tochter sie mit alten Badetüchern, die sie in den Umkleidekabinen gefunden haben, trocken zu rubbeln versuchen. Eine ganze Weile sitzen sie dann still und nach Atem ringend nebeneinander, bis Karl-Ferdinand von Stumm das Schweigen bricht.

„Nun, meine Herren, ich denke, nachdem wir uns alle ein erfrischendes Bad gegönnt haben, sollten wir uns allmählich wieder unserer Aufgabe widmen. Ich bitte daher darum, wieder an unserem Tisch Platz zu nehmen."

Alle nicken zustimmend und wollen gerade ihre Plätze einnehmen, als von draußen lautes Geknatter eines Motorrades zu hören ist. Kurz darauf quietschende Bremsen, ein Schlittern, ein lautes Scheppern und dann ein ohrenbetäubendes Krachen. Danach noch ein paar wirre undefinierbare Töne, wie aus einem Akkordeon, schließlich für ein paar Sekunden Totenstille, die gleich darauf von lautem Fluchen unterbrochen wird.

„Das do gebt´s jo net, wo kommt dann so plötzlich das ganze Glatteis her, do of em Platz", hört man eine laute Stimme.

„Mensch Meier", erwidert eine andere Stimme, „was e Gligg, de Quetschkaschde is noch ganz", und gleich darauf hört man jemand ein paar Akkorde auf einer Ziehharmonika spielen.

Die Mannschaft im Schwimmbad kann sich keinen Reim auf diesen merkwürdigen Zwischenfall machen. Alle schauen sich verständnislos den Kopf schüttelnd an.

„Ich will mal nachschauen, was da draußen los ist", sagt der OB, stapft die Treppe hinunter und öffnet die Eingangstür zum Hallenbad. Kaum hat er einen Fuß ins Freie gesetzt, haut es ihn auch schon von den Beinen und er schlägt der Länge nach hin. Als er sich wieder aufzurichten versucht, rutscht er erneut aus. „Verdammt noch mal, das ist ja Glatteis", sagt er, mit der Hand über den Boden fühlend. Dann dämmert es ihm, das Wasser aus dem Schwimmbad hat den Mantes-la-Ville-Platz wohl überflutet und ist in der Eiseskälte draußen im Nu zu Glatteis gefroren.

„Da ist doch bestimmt jemand auf dem Glatteis gestürzt. Haben Sie sich verletzt?", ruft er und schaut sich suchend nach allen Seiten um. Aber weit und breit ist niemand zu sehen.

„Nä nä, zum Gligg is nix passiert", hört er eine Stimme unmittelbar vor sich.

„Mir ach net", ertönt eine andere Stimme gleich daneben.

Doch so sehr sich Nachneuber-Deckerfried auch die Augen reibt, der Platz ist menschenleer, jedenfalls ist weit und breit niemand zu sehen. Der OB ist mittlerweile völlig verzweifelt. „Aus, aus und vorbei", stöhnt er leise. „Jetzt höre ich auch schon Stimmen von Unsichtbaren. Kein Zweifel mehr, du bist endgültig verrückt geworden, Jürgen", sagt er zu sich selbst und zündet sich heftig zitternd eine Pfeife an. Gierig inhaliert er den Rauch tief ein und bläst ihn in hastigen Zügen wieder aus. Doch, was ist das? In der Rauchwolke sind die Umrisse von zwei Gestalten zu erkennen. Eine kräftige, offenbar mit einer Schirmmütze auf dem Kopf, mit einer großen Trommel vor dem Bauch und mit einem Trommelschläger in der Hand, und daneben eine etwas kleinere Gestalt mit Baskenmütze und einem Gegenstand vor der Brust, der aussieht wie ein Akkordeon. Hinter den beiden liegt offenbar ein Motorrad auf dem Eis. „Wwww... wer seid ihr?", stottert der OB, „falls ihr überhaupt wer seid."

„Ich bin de Leo", sagt der Dicke, „unn ich bin de Mussigmann", ergänzt der andere.

Dem Stadtoberhaupt fallen spontan die Bilder von zwei ehemals stadt-bekannten Neunkircher Originalen ein. „Seid ihr beiden etwa ..., Verzeihung, aber die Nachnamen sind mir leider nicht geläufig, seid ihr beiden der ´Borussen-Leo´ und der ´Wiham´?"

„Genau, der hat´s erfasst", brummt der Borussen-Leo und lässt dabei ein paar Trommelschläge los, begleitet von einem Tusch, den der Wiham auf dem Akkordeon spielt.

„Die Zwei kenne ich auch noch", hört man hinter ihnen den Fußballer ausrufen. „Kommt doch mit rein, zwei Mann mehr in unserem Beratungsteam können wir sicher noch gut gebrauchen."

Erst jetzt bemerkt der OB, dass seine nächtlichen Begleiter alle vor dem Eingang des Hallenbades stehen und ihnen zusehen.

„Gute Idee", sagt Nachneuber-Deckerfried und bittet die beiden mitzukommen.

„Beratungsteam, was iss ´n das fa e Beratungsteam?", sagt der Borussen-Leo und schiebt sich die Schirmmütze etwas weiter in den Nacken.

„Das erkläre ich Ihnen alles im Bad", erwidert der OB. So begeben sich schließlich alle wieder nach oben und nehmen an der zum Tisch umfunktionierten Tischtennisplatte Platz. Der OB stellt zunächst die beiden Neuen kurz vor und erklärt ihnen den Grund für die außergewöhnliche Nachtsitzung an diesem ungewöhnlichen Ort. Dabei muss er immer wieder einen Zug aus der Pfeife machen und den Rauch in Richtung Wiham und Borussen-Leo blasen, damit man die beiden auch sehen kann. Schließlich erinnert er sich an das Zigarrenetui in der Innentasche seiner Anzugsjacke, das er als Alternative zu seiner Pfeife stets mit sich führt, fingert hastig zwei Zigarren heraus, reicht sie dem Wiham und dem Leo und zündet sie den beiden an. Die beginnen auch gleich munter drauflos zu paffen und sind im Nu von Rauchschwaden umhüllt, die ihre Konturen so für alle gut sichtbar abzeichnen.

„Was haben die beiden Herren denn da draußen eigentlich gemacht, mitten in der Nacht?", fragt Karl-Ferdinand von Stumm die beiden Neuankömmlinge.

„Mir? Ei mir fahre nachts immer e bissje mit em Modorrad erum. Mir ware vorhin im Ellefeld unn hann e bissje Mussig gemacht, ich met de Trommel unn de Wiham met em Quetschkaschde. Awer vorhin war do noch kenn Glatteis, nur wie ma wedder fahre wollde, do hats uns dann umgehau."

„Nein, bitte nicht schon wieder in diesem unmöglichen Dialekt, meine Herren. Wir alle haben früher schließlich die Schule besucht und müssten daher der hochdeutschen Sprache doch eigentlich auch alle mächtig sein. Selbst wenn das beim gemeinen Volk wohl nicht so üblich ist, darf ich nochmals eindringlich darum bitten, sich in diesem Kreis der Amtssprache Hochdeutsch zu befleißigen", stöhnt der Freiherr.

„Was hat der do grad gemennt? Ich hann kenn Wort verstann", sagt der Wiham, der wohl etwas schwerhörig ist und sich daher die rechte Hand wie eine Hörmuschel ans Ohr hält.

„Ei, dass er em Leo unn dir gleich in de Hinnere träde dud, wenn ihr net eier Gesabbel in Neinkerjer Platt losse", übersetzt der Sense Eduard ziemlich frei des Stahlbarons Ermahnungen.

„Soso, ei das soll a emol versuche", erwidert der Wiham nur knapp und dreht dem Freiherrn merklich eingeschnappt den Rücken zu.

Nachneuber-Deckerfried klatscht laut in die Hände und bittet alle Beteiligten, sich auf den Fortgang der Beratungen zu konzentrieren. „Herr Sens, darf ich Sie bitten, die bisher erarbeiteten Vorschläge den Beteiligten nochmals kurz vorzulesen."

„Aber selbstverständlich, sehr geehrter Herr Oberbürgermeister", erwidert der Sense Eduard in geschliffenem Hochdeutsch und schaut den Eisengießer, den Borussen-Leo und den Wiham dabei mit herablassenden Blicken an. „Unter Punkt eins habe ich mir als Vorschlag unseres allseits verehrten Freiherrn von Stumm die ´Umgestaltung des Stummplatzes´, die ´Einrichtung eines Eisenwerk-Erlebnismuseums´ und ´Pferdedroschken auf dem Stummplatz´ notiert. Punkt zwei beinhaltet auf Wunsch unserer beiden Damen hier die ´Wiedereinführung der Straßenbahn´ und das ´Bootfahren im Bereich der Innenstadt´.

Der OB ergreift das Wort und wendet sich an die Versammlungsteilnehmer. „Nun, wer möchte als Nächster einen Vorschlag einbringen? Vielleicht einer der beiden neu hinzugestoßenen Teilnehmer?"

Der Borussen-Leo erhebt sich, wendet den Blick in Richtung des Stahlbarons und versichert diesem, dass er zwar überhaupt keine Probleme damit habe, hochdeutsch zu sprechen, aber er sei im Laufe seines Lebens mit seiner Borussia oft in ganz Deutschland unterwegs gewesen, wo ihn jedermann auch auf Plattdeutsch verstanden habe. Er werde daher auch weiterhin den Neunkircher Dialekt pflegen, der für ihn genau so unzertrennlich zu seiner Heimatstadt gehöre wie sein Heimatverein Borussia Neunkirchen. Daran könne niemand etwas ändern und das gelte genau so auch für seinen Freund Wiham, der dazu beifällig nickt. „Das wär jo noch scheener, wenn mir als Geischder of ähnmol hochdeitsch schwätze würde. Do würd uns jo kenn Sau verschdehn." Dann erzählt er, dass er nachts mit Wiham oft in der Stadt unterwegs sei und dass es seiner Meinung nach in Neunkirchen an alternativen Angeboten zum Einkaufen fehle, denn das reiche seiner Meinung nach alleine nicht aus. So sähe man abends kaum noch Menschen in der Stadt. „Do is jo of em Friedhof noch meh los wie in de Schdadt", sinniert er. Er plädiere daher für ein Freizeitcenter im Innenstadtbereich als Pendant zum Einkaufscenter, mit Spielflächen für Ballspiele wie zum Beispiel Fußball oder Basketball, mit Möglichkeiten zum Tennisspielen und zum Kegeln und mit Bühnen für Darbietungen aller Art. Die einzelnen Aktionsbereiche sollten nur durch Glaswände abgeteilt und dazwischen könnten Restaurants und Cafés installiert werden, in denen man dem Treiben auf den Aktionsflächen rundum zusehen könne. So ein Freizeitcenter sei ganz sicher für jedermann interessant, sowohl für Aktive als auch für Zuschauer. Hierfür biete sich seiner Meinung nach das etwas futuristisch aussehende gläserne Gebäude des ehemaligen Gartenmarktes im Bereich zwischen der Westspange und der Königsbahnstraße an. „Dort wär jo aach noch viel Platz zum erweidere und dann wär endlich emol wedder was los in Neinkerje, gelle Wiham?", schließt er seinen Vortrag und findet für diese Idee wieder ein zustimmendes Nicken von seinem wortkargen Spezi, dem Mussigmann. Nur der Freiherr, der diesem Vorschlag für ein reines Freizeitvergnügen offenbar nicht allzu viel abgewinnen kann, schüttelt missbilligend seinen Kopf.

„Vielen Dank für Ihren Beitrag, meine Herren", erwidert der Oberbürgermeister mit einer leichten Verbeugung in Richtung Leo und Wiham und bittet den Sense-Eduard, als weiteren Vorschlag die ´Einrichtung eines Freizeitcenters´ zu vermerken. „Darf ich um weitere Wortmeldungen und Vorschläge bitten", fordert er schließlich den Fußballer mit aufmunterndem Kopfnicken auf.

„Nun, ich bin wirklich kein großer Redner, das Fußballspielen ist halt eher mein Ding, früher jedenfalls", erwidert dieser. „Doch ich muss ehrlich gestehen, mir missfällt der desolate Zustand des Ellenfeldstadions sehr, das schon über einhundert Jahre auf dem Buckel hat und weiß Gott bessere Zeiten erlebt hat. „Eine historische Sportstätte wie das Ellenfeld hat meiner Meinung nach eine Sanierung dringend nötig. Ich habe es in den Sechziger Jahren schon bedauert, dass man die Ränge auf der Gegengeraden nicht genau so hoch gezogen hat wie im Bereich der Tribüne und der Spieser Kurve. Ich fände es jedenfalls sehr schön, das Stadion entsprechend auszubauen und von außen so zu verkleiden, dass man unter den Rängen beispielsweise Fitnessräume, eine Sauna und Gaststätten einrichten kann, sodass das Ellenfeld nicht nur bei den Heimspielen der Borussia, sondern das ganze Jahr über Besucher anziehen könnte."

„Ei das do is jo werklich e prima Idee", unterbricht ihn der Borussen-Leo und untermalt das Ganze mit einem lauten Trommelwirbel, begleitet vom Mussigmann, der dazu einen kräftigen Tusch auf seinem Akkordeon spielt.

Das wiederum motiviert den Fußballer zu einem weiteren Vorschlag. „Tja, und die vielen Grünflächen in der Stadt, beispielsweise im ehemaligen Hüttengelände, würden sich meiner Meinung nach ganz gut zum Golfspielen anbieten. So eine Sportart ist normalerweise nur den Wohlhabenden vorbehalten. Ich fände es daher prima, wenn es hier in der Stadt auch eine Golfanlage gäbe, aber nicht so eine große und teure für die Reichen, sondern eine kleinere Anlage, wo auch diejenigen, die sich die Mitgliedschaft in einem Golfclub nicht leisten können, sich mit einer geliehenen Ausrüstung im Golfspielen üben könnten."

„Mmh", brummt der OB nachdenklich, „Sie meinen wohl eine Golfanlage für jedermann, nur mit ein paar Löchern, eine Art City-Golf, um es mal so auszudrücken? Na gut. Herr Sens, Sie haben es gehört. Wir notieren also auf Vorschlag unseres Fußballers eine ´City-Golf-Anlage´, und was war das andere noch mal?"

„Ei nadierlich de Ausbau vom Ellefeld", wirft der Leo sofort ein und schüttelt den Kopf, fassungslos darüber, dass der OB so etwas Wichtiges vergessen konnte.

„Na schön, Herr Sens, dann meinetwegen auch noch den Ausbau des Ellenfeldstadions", knurrt der OB und schiebt kaum hörbar „obwohl das doch jetzt schon viel zu groß ist" nach. „So, von wem haben wir denn bisher noch keine Wortmeldungen?", sagt er und schaut fragend in die Runde.

„Ei von mir noch net", erwidert der Eisengießer, der offenbar schon etwas ungeduldig geworden ist. „Ich hätt do vielleicht e prima Idee. Ich hab mich schon mei ganzes Läwe für de Windersport interessiert, unn immer wann ich so de Hiddebersch eruf geguggt hann, do hab ich mer gedenkt, dass mer dene steile Bersch do bestimmt auch zu 'ner Sprungschanz umbaue könnt, also zum Skispringe im Winter wollt ich sache."

„Jetzt is er awer völlig von de Roll, der pälzer Knallkopp", entfährt es dem Sense Eduard, was den Eisengießer so in Rage versetzt, dass er dem Dienstmann mit seiner langen Schöpfkelle über die Köpfe des Beratungsteams hinweg mal wieder eine zu scheuern versucht, worauf ihn der Stahlbaron einmal mehr barsch in die Schranken weist, während der Sense Eduard sich einen heftigen Anschiss von Nachneuber-Deckerfried einhandelt.

„Mäßigen Sie sich jetzt endlich, Herr Sens, und lassen Sie den Eisengießer seinen Vorschlag einbringen, auch wenn er Ihnen noch so abwegig erscheinen mag."

„Nun ja, Herr Oberbürgermeister, abwegig ist für diesen haarsträubenden Unsinn ja wohl kaum der richtige Ausdruck", erwidert der jetzt wieder auf Hochdeutsch. „Ich will Ihnen und insbesondere unserem Eisengießer aber gerne näher erläutern, warum das nicht funktionieren kann, soweit das ein Mann wie er mit einem einstelligen Intelligenzquotienten überhaupt nachvollziehen kann."

Erneut handelt er sich dafür missbilligende Blicke des Freiherrn ein. „Werter Herr Sens, ich verbitte mir jede weitere despektierliche Bemerkung meinem ehemaligen Mitarbeiter gegenüber. Geht bitte davon aus, dass meine Leute bei ihrer Arbeit mindestens genau so viel Verstand aufbringen müssen wie ein Dienstmann zum Koffertragen."

Diese Bemerkung hat gesessen. Während der sichtlich betroffene Sense Eduard rot wie eine Tomate anläuft und nach Worten ringt, klopft sich der Eisengießer hämisch lachend auf die Oberschenkel.

„Sauber, sag ich, sauber, Herr von Schdumm, dem Simpel do habe se jetzt awer emol so rischdisch die Meinung gesacht. Hättchde besser emol dei saudummie Klapp gehalde, du Kofferschlepper", bricht es aus ihm heraus.

Ein ermahnender Blick des Freiherrn lässt ihn jedoch sofort wieder verstummen.

„Das unbeherrschte Verhalten von Herrn Sens kann ich zwar nicht dulden, aber er hat durchaus nicht unrecht mit seinen kritischen Anmerkungen", merkt dieser an. „Die Topografie des Hüttenberges erlaubt hier sicherlich keine Skisprunganlage. Dazu ist die Steigung viel zu gering und würde wohl kaum mehr als einen vergleichsweise harmlosen Hüpfer erlauben, ganz abgesehen davon, dass sich eine Sprungschanze innerhalb der Bebauung alleine schon aus Sicherheitsgründen verbietet."

Diese kritischen Anmerkungen lösen beim Sense Eduard gleich wieder Oberwasser aus. „Nicht zu vergessen den vielen Schnee, den es für eine derartige Anlage brauchte, den es hier aber viel zu selten gibt, Herr von Stumm. Aber den könnte dieser Herr da vielleicht ja mit seiner großen Schöpfkelle löffelweise aus seiner Heimat anschleppen, dann würde er wenigstens am eigenen Leib verspüren, was er da gerade für einen Unsinn verzapft hat."

„Lassen Sie es bitte gut sein, Herr Sens, die ständigen Auseinandersetzungen zwischen ihnen beiden nerven ungemein und bringen uns keinen Schritt weiter", unterbricht ihn der Oberbürgermeister. Dann wendet er den Blick wieder in Richtung Eisengießer und fragt ihn, ob er noch weitere Vorschläge zu machen hätte.

„Ja, awer nur, wenn der Dienschdmann do endlich emol sei Klapp hält", erwidert dieser. Dann gesteht er ein, dass er das mit der Steigung am Hüttenberg wohl nicht so recht bedacht habe, aber er sei nun mal ein Freund des Wintersports und sein Standplatz am Fuße des doch ziemlich steilen Hüttenbergs verleite nun mal zu solchen Überlegungen. Falls die Steigung zum Skispringen nicht ausreichen würde, müsse es immerhin möglich sein, das Ganze zu einer Abfahrtsstrecke für Skifahrer und Rodler umzufunktionieren."

„Na klar, met Auslaaf direkt ins Center. Do kannschde dann bei der Gelejeheit im Vorbeifahre grad noch Inkaafe gehn", versucht nun der Borussen-Leo seinen Senf dazuzugeben, was der Wiham wiederum mit einem kräftigen Tusch untermalt.

Mit grimmigen Blicken in Richtung der beiden Störenfriede fährt der Eisengießer schließlich fort. Den Menschen, so habe er jedenfalls an seinem Standort mitbekommen, habe auch die für ein paar Jahre in der Weihnachtszeit auf dem Stummplatz installierte Eislaufanlage gut gefallen. Diese aber alle Jahre wieder nur für kurze Zeit aufzubauen und zu betreiben, sei sicherlich viel zu teuer. Statt dessen könne man eine derartige Anlage doch dauerhaft auf dem Eisweihergelände installieren, sodass dieser Platz auch seinem Namen gerecht werden und man dort während der kalten Jahreszeit Schlittschuh laufen, Eishockey spielen oder ein Eisstockschießen veranstalten könne.

Betretenes Schweigen im Beratungsteam über diese Vorschläge. Doch dann meldet sich der Sense Eduard trotz ermahnender Blicke des OBs und des Freiherrn zu Wort. „Keine Sorge, meine Herren, ich werde keinerlei Kritik an diesen, wie soll ich sagen ... äh", er räuspert sich mit ernster Miene und fährt dann fort, „durchaus sehr kreativen und konstruktiven Vorschlägen üben. Nein nein, die genialen Ideen meines verehrten Vorredners, der ja ein ausgesprochener Wintersportexperte zu sein scheint, haben mich diesbezüglich zu einem nicht minder genialen Vorschlag inspiriert, den ich hier gerne einbringen möchte, sofern unser Fachmann mir dies gestattet." Dabei blickt er fragend den Eisengießer an. Dieser, gleichermaßen erstaunt über die ungewöhnlich respektvolle Reaktion seines ärgsten Widersachers und sichtlich erfreut über die offensichtlich positive Resonanz auf seine Vorschläge, nickt ihm gönnerhaft zu.

Der Dienstmann bedankt sich bei ihm mit einer angedeuteten Verbeugung und fährt fort. „Tja, zum Thema Wintersport fehlt meiner Meinung nach eigentlich nur noch ein Vorschlag, und zwar eine Bob-Anlage, die man zum Beispiel von der Bergehalde der ehemaligen Grube König, zwischen der B 41 und der Bauschuttdeponie talabwärts über die Grubenstraße hinweg führen könnte bis hinunter zu dem namenlosen Weiher unterhalb der Deponie. Und keinem Geringeren als unserem verehrten Eisengießer sollte es vorbehalten bleiben, diese Bahn mit einer Jungfernfahrt einzuweihen. Tja …", wieder räuspert sich der Eduard bedeutungsvoll, „ich sehe förmlich schon den bunt geschmückten Bob mit dem Eisengießer am Steuerruder über dem zugefrorenen Weiher unter dem Jubel der Zuschauermassen schwungvoll ausgleiten." Dann schweigt er ein paar Sekunden bedeutungsvoll, lüftet seine Dienstmann-Mütze, faltet die Hände wie zum Gebet und fährt schließlich fort. „Natürlich kann man in unseren Breitengraden nie garantieren, ob das Eis dafür auch tragfähig genug ist. Na ja, dann … würde man wohl oder übel einen schmerzlichen Verlust in Kauf nehmen müssen, aber es wäre dann schließlich auch nicht das erste Mal, dass ein Kapitän auf der Jungfernfahrt mit seinem Kahn absäuft. Ich würde mich in diesem Fall jedenfalls dafür einsetzen, dem Tümpel ihm zu Ehren den Namen 'Eisengießer-Gedächtnis-Weiher' zu geben."

Für kurze Zeit herrscht Totenstille, dann bricht ein ohrenbetäubendes Gelächter im alten Hallenbad los, von dem sich sogar der Freiherr und der Oberbürgermeister anstecken lassen. In letzter Sekunde kann der Sense Eduard einem vernichtenden Schlag des Eisengießers durch Abtauchen unter die Tischtennisplatte entgehen, dem allerdings eine Ecke der Tischtennisplatte zum Opfer fällt und krachend abbricht.

Nachneuber-Deckerfried wischt sich über die vor Lachen tränenden Augen und weist die beiden Streithähne zum wiederholten Mal zurecht. „Nun, Herr Sens, wenn Sie sich schon zu Wort melden, dann aber bitte in eigener Sache. Notieren Sie schnell noch die Vorschläge des Eisengießers, aber dann erwarten wir von Ihnen einen richtig fundierten Beitrag."

Der Dienstmann rückt seine Mütze gerade und lässt die Anwesenden wissen, dass er eigentlich keine konkreten Vorschläge für etwas Neues in Neunkirchen zu machen habe, aber vielleicht eine Idee, wie man etwas Neues selbst bei leerer Stadtkasse realisieren könne. „Nicht nur die Stadt hat kein Geld, sondern auch viele Bürger in Neunkirchen haben keins oder viel zu wenig davon, weil sie hier einfach keine Arbeit mehr finden. Viele Unternehmen hier haben einfach nicht genügend Aufträge, um den Leuten Arbeit zu bieten. Darunter leiden letztlich alle. Ich weiß zwar nicht, ob meine Idee überhaupt realisierbar wäre, aber all das, was uns heute an Vorschlägen unterbreitet wurde, würde für eine Umsetzung sicherlich einen viel zu großen finanziellen Aufwand erfordern, wenn man es auf die übliche Weise finanzieren wollte. Doch was wir in dieser Stadt vielleicht als absolutes Novum aufbieten könnten, wäre ein freiwilliges Engagement von vielen Neunkircher Bürgern und Unternehmen, entsprechende Leistungen zur Attraktivitätssteigerung unserer Stadt kostenlos zu erbringen. Mir schwebt die Gründung einer Art Bürgergenossenschaft oder auch Bürger-AG für die Realisierung von Projektideen vor, an der jedermann wie bei einer Aktiengesellschaft Anteile erwerben kann, entweder in Form von Geld oder auch in Form von Eigenleistungen unterschiedlichster Art, die er bei der Realisierung der Projekte einbringen kann und dafür entsprechende Wertanteile erwirbt. Und wenn das, was dann entsteht, einmal Gewinne abwerfen sollte, partizipiert man entsprechend seiner Anteile genau so am Gewinn wie ein normaler Aktionär. Und falls keine Gewinne erwirtschaftet werden, hat man seinen Einsatz zwar genau so wie ein richtiger Aktionär in den Sand gesetzt, aber wenigstens kein Geld dabei verloren, sondern bloß freiwillig investierte Zeit, die viele von denen, die jetzt keine Arbeit finden, ohnehin meist sinnlos vertrödeln und dabei auch noch unzufrieden sind. Tja, das war´s eigentlich, was ich als Vorschlag zur Rettung unserer Stadt einzubringen hätte. Wir haben heute Abend viele interessante Vorschläge, und …", er hebt seinen Kopf und blickt einen kurzen Augenblick grinsend in die Runde, um dann fortzufahren, „vielleicht auch den einen oder anderen verrückten oder ungewöhnlichen Beitrag vernommen. Ob und was davon sinnvoll und realisierbar erscheint, darüber wird sich unser Oberbürgermeister seine Gedanken machen müssen. Wer weiß, vielleicht ist ja mein Vorschlag der Verrückteste von allen, aber selbst wenn es auf dem von mir vorgeschlagenen Weg in die Hose gehen sollte, könnte man damit vielleicht wenigstens ein längst verloren gegangenes Wir-Gefühl in dieser Stadt wieder zum Leben erwecken. So Herrschaften, das war mein Vorschlag zur Wiederbelebung unserer Heimatstadt", sagt der Sense Eduard, verbeugt sich elegant und schiebt noch ein „ich danke Ihnen für Ihre Aufmerksamkeit" nach.

„Alle Achtung, meinen Respekt, werter Herr Sens", sagt der Freiherr, steht auf und schüttelt dem Dienstmann anerkennend die Hand. Auch die anderen Teilnehmer der nächtlichen Tafelrunde nicken beifällig und gratulieren dem Sense Eduard zu seinem Vorschlag.

„Auch ich möchte mich für Ihren konstruktiven Beitrag sehr bedanken, Herr Sens", sagt der OB und klopft ihm anerkennend auf die Schulter. „Notieren Sie als Ihren eigenen Beitrag also bitte die ´Gründung einer Bürger-AG für die Realisierung von Projekten´. Ich glaube, damit sind alle Teilnehmer dieser denkwürdigen Veranstaltung zu Wort gekommen. Ich danke allen nochmals für ihre Mitwirkung und denke, dass wir uns jetzt nochmals eine kleine Sitzungspause verdient haben. Lassen Sie uns daran anschließend über weitere Details und die Ausarbeitung eines Umsetzungskonzeptes beraten." Beim Blick auf die Uhr stellt er erschrocken fest, dass es schon kurz vor sechs Uhr morgens ist. Fassungslos schüttelt er den Kopf. Die ganze Nacht hat er also hier, in einem Gebäude, das es schon längst nicht mehr gibt, mit Geistern, die er selber gerufen hat, verbracht. *Mein Gott, das kann doch alles nicht wahr sein*, schießt es ihm wieder durch den Kopf. Er spürt auf einen Schlag eine hoffnungslose Ernüchterung und eine bleierne Müdigkeit in allen Knochen. Er will jetzt nur noch nach Hause und ausschlafen, den ganzen Spuk hier vergessen. Mit zitternden Händen zündet er sich seine Pfeife an, als er von draußen kaum wahrnehmbar Glockengeläut vernimmt. Just in diesem Moment, von einer Sekunde auf die andere, findet er sich mutterseelenalleine auf dem schrägen Pultdach des Supermarktes wieder. Vom alten Stadtbad jedenfalls keine Spur mehr. Schlagartig ist offenbar der ganze Spuk vorbei. „Ich hab's ja geahnt, nur eine Halluzination, nichts weiter als ein böser Traum, Jürgen", versucht er sich selbst zu beruhigen. Dann sucht er sich am hinteren Ende des Daches eine Möglichkeit zum Runterklettern, klopft sich am Boden angekommen verstohlen den Schmutz von seinem Mantel, stellt den Kragen und trollt sich auf leisen Sohlen durch die allmählich anbrechende Dämmerung zurück nach Hause.

Viele Jahre später. Nachneuber-Deckerfried ist mittlerweile in Pension und macht mit seinem jüngsten Enkelsohn Roland vor dem Drittliga-Spitzenspiel von Borussia Neunkirchen gegen den Tabellenführer noch einen Stadtbummel durch Neunkirchen. Vom Eisweiher aus fahren die beiden mit einem der Hovercraft-Luftkissenboote, die auf der Strecke zwischen Wellesweiler und Wiebelskirchen als Wassertaxis auf der Blies verkehren, in Richtung Stummplatz.

Mit einem Affenzahn über der Wasseroberfläche dahinzuschweben versetzt die Insassen in helle Begeisterung. Die Luftkissenboote locken als überregionale Attraktion viele Besucher nach Neunkirchen.

An der Bliespromenade steigen die Beiden aus und machen einen Bummel durch das Jedermann-Center im ehemaligen Modehaus, in dem jedermann nach Bedarf Räumlichkeiten oder Flächen anmieten kann, ganz gleich, ob nur für ein paar Stunden, Tage oder Wochen. Ein buntes und immer wieder neu gemischtes Angebot sorgt im Jedermann-Center jeden Tag aufs Neue für Abwechselung und lässt so nie Langeweile aufkommen. Manche, die sich mit einer neuen Geschäftsidee selbstständig machen wollen, wagen hier erste Gehversuche, andere wiederum nutzen das Center für Verkäufe, Präsentationen und Ausstellungen oder für alle möglichen Aufführungen und Veranstaltungen. So ist auch das Jedermann-Center zu einem beliebten Anziehungspunkt der Stadt geworden. Danach gehen Opa und Enkel durch den Hammergraben in Richtung Stummplatz, vorbei am Denkmal des Wihams, das direkt neben dem Sense Eduard platziert wurde. Fast sieht es so aus, als würde der Dienstmann Nr. 2, die Hand wie immer am Ohr, dem neben ihm stehenden Mussigmann mit seiner Harmonika beim Spielen zuhören. Opa Nachneuber-Deckerfried bleibt für einen kleinen Augenblick vor den beiden Denkmälern stehen und zieht mit einer kaum merklichen Verbeugung seinen Hut vor ihnen, was der Enkelsohn mit Erstaunen registriert. Dann gehen sie weiter am Denkmal des Freiherrn von Stumm vorbei. Auch hier wiederholt sich die gleiche Zeremonie und löst bei dem kleinen Roland erneut ein verständnisloses Kopfschütteln aus. Die Lindenallee, die den vergrößerten

Stummplatz einst zerschnitten hat, gibt es schon lange nicht mehr. Dort, wo früher einmal die „Keksdose" gestanden hat, hat jetzt die alte Straßenbahn einen würdigen Platz gefunden. Der restaurierte Triebwagen wurde zu einem Verkaufskiosk mit Straßencafé umgerüstet. Die beiden gönnen sich hier ein Eis und schlendern dann über den Stummplatz weiter in Richtung Hütten-berg. Im Bereich der Christuskirche steigen sie in eine der Gondeln der City-Seilbahn, die von hier aus über den Hüttenberg bis hinauf zur Scheib führt und die früher auf dieser Strecke verkehrenden Linienbusse abgelöst hat.

Unter ihnen schlängelt sich kaskadenförmig ein kleiner Wasserlauf den zur verkehrsberuhigten Zone umgebauten Hüttenberg hinunter. Am Mantes-la-Ville-Platz steigen die beiden Fußballfans aus, um sich das Heimspiel ihrer

Borussia unter Flutlicht anzuschauen. Etwa zehntausend Zuschauer haben den Weg ins Ellenfeldstadion gefunden, das nach seinem Umbau als schönstes Drittligastadion in Deutschland gilt. Die aufgeständerten Ränge im Bereich der Spieser Kurve haben einer Bühne mit Großbild-Videowänden im Hintergrund Platz gemacht, die eine vielfältige Nutzung des Ellenfeldes erlauben. Das altehrwürdige Fußballstadion erfreut sich seither auch als Public-Viewing-Arena für Live-Sportübertragungen aus aller Welt und für Open-Air-Veranstaltungen großer Beliebtheit. Neben Konzerten und Opern finden hier auch Aufführungen des Musical Projektes Neunkirchen statt, wenn die neue Gebläsehalle dem Zuschaueransturm für die Musical-Highlights „Stumm" und „Jedermann", die sich zu echten Publikumsmagneten mit Kultstatus und überregionaler Beachtung entwickelt haben, nicht gewachsen ist. Die Großbildleinwände im Bühnenhintergrund bieten ideale Möglichkeiten, Bühnenaufführungen im Stadion auch live zu übertragen oder durch das Einspielen von Videosequenzen optisch zu untermalen. Alle Zuschauerränge im Stadion sind überdacht und mit Sitzplätzen ausgestattet. Hinter einer eleganten Fassade unterhalb der Tribüne befindet sich neben der Geschäftsstelle und den Spielerkabinen eine Indoor-Kletteranlage, während im ausgebauten Stadionbereich zum Mantes-la-Ville-Platz ein Restaurant mit einer Innenlounge zum Stadion, eine Diskothek und eine Bowling-Bahn Platz gefunden haben. Vor dem Stadion, direkt neben der Statue des Fußballers, hat man auch dem Borussen-Leo ein Denkmal gesetzt. Mit seiner großen Trommel und einer Fanfare am Gürtel steht er in typischer Pose vor seinem fahnengeschmückten Motorrad. In der Halbzeitpause des Spiels wird den

Zuschauern ein kurzer Film über den Umbau der Stadt Neunkirchen unter dem ehemaligen Oberbürgermeister Nachneuber-Deckerfried präsentiert, der national und international als städtebauliches Vorzeigeprojekt mehrfach ausgezeichnet wurde und ihrem Gestalter weithin Beachtung und Anerkennung beschert hat. Und in seiner Heimatstadt erfreut sich der ehemalige OB besonderer Beliebtheit, wie sich am kräftigen Applaus bei seiner Begrüßung als Ehrengast durch den Stadionsprecher feststellen lässt. Nach dem Spiel, das die Borussen knapp aber verdient für sich entscheiden können und damit auf Platz zwei in der Tabelle vorrücken, nehmen die beiden im VIP-Raum des Stadions auch an der Pressekonferenz mit den Trainern der beiden Mannschaften teil und fachsimpeln beim anschließenden Buffet noch ein bisschen mit den anderen Gästen. Anschließend schlendern Opa und Enkel vorbei an den von Scheinwerfern angestrahlten Denkmälern vom Fußballer und vom Borussen-Leo über den mittlerweile menschenleeren Mantes-la-Ville-Platz, nicht ohne dass Opa Nachneuber-Deckerfried die beiden wie zuvor auch die anderen Denkmäler im Vorbeigehen grüßt. Ihre Schritten hallen über den vom Mondlicht nur spärlich beleuchteten Platz und lösen bei Roland ein unbehagliches Gefühl aus. Ängstlich klammert er sich an die Hand seines Opas und schaut ihn fragend an.

„Du, Opa, glaubst du eigentlich an Geister oder an Gespenster?", fragt er.

„An Geister oder Gespenster, wie kommst du denn jetzt darauf, mein Junge? Hast du etwa Angst?"

„Ich … äh, ich meine ja nur, weil du die ganzen dunklen Gestalten da, also die Denkmäler meine ich, heute alle gegrüßt hast."

„Ach so", erwidert Nachneuber-Deckerfried und muss unwillkürlich grinsen. *Wenn der Junge wüsste, was hier vor Jahren passiert ist,* schießt es ihm spontan durch den Kopf und einen kurzen Augenblick überlegt er, ob er seinem Enkel von seinen Erlebnissen in jener denkwürdigen Nacht erzählen soll. *Nein, das darfst du nicht, Jürgen, dass würde der Junge ohnehin nicht verstehen und vielleicht noch mehr Angst bekommen,* gibt er sich selbst in Gedanken zur Antwort.

„Sind die denn schon alle tot, Opa? Hast du sie alle selbst gekannt?"

„Die Denkmäler? Du meinst wohl die Gestalten, die sie verkörpern?"

„Ja Opa, das meine ich."

„Nein, mein Junge, gekannt habe ich eigentlich nur einen von Ihnen, und zwar den hier", erwidert Nachneuber-Deckerfried und zeigt auf den Borussen-Leo. „Schon als Kind war ich mit meinem Vater oft im Ellenfeld, und dort war auch immer der Leo in seinem Borussen-Dress. Früher ist er mit seinem Motorrad auch auf alle Auswärtsspiele der Borussen gefahren, ganz gleich, wo sie gespielt haben. Irgendwann war er dann aber zu alt dafür, doch im Ellenfeld hat er eigentlich nie bei einem Spiel gefehlt. Vor dem Spiel oder in der Halbzeitpause ist er dann mit seiner großen Fahne, einer Trommel und einer Fanfare über den Rasen stolziert, hat von der Torlinie aus mit großen Schritten den Elfmeterpunkt nachgemessen und dann unter dem Applaus der

Zuschauer von dort einen Ball ins leere Tor geschossen. Im Spiel hat er seine Mannschaft unermüdlich angefeuert, mal mit der Fahne, mal mit Trommelschlägen und mal mit seiner Tröte oder mit Schlachtrufen. „Hoch lebe Eisen, hoch lebe Stahl, hoch lebe die Borussia, wir trinken noch einmal …", so hieß einer davon, glaube ich oder „Kämpfen Borussia, kämpfen!", wenn seine Mannschaft hinten lag. Es war auf jeden Fall eine sehr erfolgreiche Zeit für die Borussia, und keiner war darüber glücklicher als der Borussen-Leo. Manchmal glaube ich, dass er nur für seine Borussia gelebt hat. Und heute, nach diesem tollen Sieg im Ellenfeld, da wäre der Leo sicher völlig aus dem Häuschen gewesen und aus dem Singen, Trommeln und Tröten kaum noch rausgekommen."

„Ach schade, Opa."

„Was ist schade, Roland?"

„Na, dass er nicht mehr lebt, der Borussen-Leo. Ich hätte ihn auch gerne mal kennengelernt."

„Tja, Roland, so ist das nun mal, niemand lebt ewig, aber ich bin mir ganz sicher, dass er heute von da oben aus dem Himmel zugeschaut hat und den Sieg seiner Borussia dort jetzt kräftig feiert."

„Unsinn, Opa, das glaube ich nicht, denn wenn man tot ist, ist man tot, und weiter nichts."

„Na, wenn du meinst, mein Junge", erwidert der Großvater und kann sich ein Schmunzeln nicht verkneifen. „Es ist aber wirklich schon sehr spät, lass uns jetzt schnell nach Hause gehen, deine Mama und dein Papa warten bestimmt schon auf uns."

„Ja Opa, ich bin auch sehr müde. Kannst du mich ein bisschen tragen?"

„Nein, Roland, du bist eigentlich schon viel zu alt und zu schwer dafür."

„Ach bitte, Opa."

„Na schön, aber nur ein paar Schritte", erwidert Nachneuber-Deckerfried, zwinkert dem Fußballer und dem Borussen-Leo zum Abschied aufmunternd zu und macht sich mit seinem Enkelsohn auf dem Arm auf den Weg Richtung Seilbahn. Schon nach ein paar Metern ist der Kleine eingeschlummert. Todmüde fällt sein Kopf auf die Schultern seines Opas, als plötzlich ein Trommelwirbel, gefolgt von Fanfarenklängen und dem Schlachtruf „Hoch lebe Eisen, hoch lebe Stahl …" über den menschenleeren Mantes-la-Ville-Platz ertönt, der den Jungen zu Tode erschrocken wieder aufwachen lässt."

„Hast du das da gerade gehört, Opa?", fragt er und klammert sich dabei ganz eng am Hals seines Großvaters fest.

Natürlich hat es Nachneuber-Deckerfried gehört, doch das will er seinem Enkelsohn gegenüber nicht zugeben. „Was hast du denn gehört, mein Junge?", fragt er daher, und kann sich nur mühsam ein Schmunzeln verkneifen.

„Na die Trommel, die Fanfare und den Schlachtruf, Opa. Das ... das ... das kann doch nur der Borussen-Leo gewesen sein", stottert er völlig verängstigt, „denn hier ist doch weit und breit niemand sonst zu sehen."

„Unsinn, mein Junge, du hast bestimmt nur geträumt. Hast du denn nicht eben gerade selbst gesagt, wenn man tot ist, ist man tot, und weiter nichts?"

Nachwort

Ich hoffe, dass Ihnen meine Geschichte, garniert mit einem Schuss Skurrilem, einer Prise Mysteriösem und einer Handvoll Humor, ein wenig gefallen hat. Geschichten wie diese, die mit einer bestimmten Region oder Stadt verbunden sind, wie beispielsweise die Bremer Stadtmusikanten, der Rattenfänger von Hameln, die Schildbürger oder der Münchner im Himmel, machen den Ort der Handlung, so finde ich jedenfalls, einfach liebenswert. Schon als Kind habe ich mich für solche Geschichten besonders interessiert, und jetzt, einige Jahrzehnte später, ist STUMM-DENK-MAL meiner Feder fast wie von selbst entsprungen. Ich hoffe, dass meine Träumereien und Fantasien Sie ein wenig zum Nachdenken und auch ein bisschen zum Schmunzeln anregen können. Zugegeben, Neunkirchen kann sich kaum mit Bremen, Hameln oder München messen, aber liebenswert ist es genau so, oder etwa nicht? So gesehen verstehe ich „STUMM-DENK-MAL" auch als Versuch einer Liebeserklärung an meine Heimatstadt, losgelöst von allen irdischen Sachzwängen.

Verlag Books on Demand GmbH
ISBN: 978-3899068177
144 Seiten
7,50 €

Dramatischer Tatsachenroman über ein kleines Pflegekind

Bereits wenige Wochen nach Abgabe eines Adoptionsantrages wird den Eheleuten Eich ein nur sechs Monate altes Mädchen namens Melanie vermittelt. Ihr Glück scheint vollkommen, bis sich Melanies leibliche Mutter meldet und das Kind wieder zurückhaben möchte. Ein dramatischer Kampf um das Schicksal des kleinen Mädchens entbrennt.

Verlag tredition GmbH
ISBN: 978-3842402089
132 Seiten
8,80 €

Spannender Tatsachenroman über eine Flugreise am Tag der Terroranschläge in den USA

11. September 2001. Ein Linienflug von Frankfurt nach Chicago. Etwa eine Stunde vor der planmäßigen Landung ändert die Maschine abrupt ihren Kurs. Keiner der Passagiere kennt den Grund. Ein abenteuerlicher Irrflug, ausgelöst durch die Terroranschläge in den USA, beginnt.

Verlag Books on Demand GmbH
Taschenbuch: ISBN 978384809305, Preis 9,90 €
E-Book: ASIN B006L302W6, Preis 8,49 €

Eine lustige und spannende Abenteuergeschichte über einen kleinen Braun-
bären für Kinder und alle Junggebliebenen mit über 20 farbigen
Illustrationen.

E-Book Kindle Edition
ASIN: B006C49S4C
Preis 2,68 €

Gibt es ein Leben nach dem Tod, und wenn ja, wie könnte es vielleicht aussehen? Der Autor gibt in dieser skurrilen Geschichte auf humorvolle Weise darauf eine Antwort.

Erwin Eigenwillig, ein unverbesserlicher Eigenbrötler, findet sich nach einem Autounfall unverhofft im Jenseits wieder. Orientierungslos irrt er durch eine ihm unbekannte virtuelle Welt, in der neue Gefahren auf ihn lauern. Erwin versucht, diese mit allen Mitteln zu meistern.

E-Book Kindle Edition
ASIN: B006V22HHK
Preis 1,01 €

Ein Mann lässt bei einem Spaziergang in trister Novemberatmosphäre sein bisheriges Leben Revue passieren. Dabei wird er von einem Auto erfasst und findet sich plötzlich im Jenseits wieder. Seine Erlebnisse in dieser unbekannten virtuellen Dimension lassen ihn sein Schicksal in einem völlig anderen Licht erscheinen.

RAIMUND EICH

ZUR SEELE TAUCHEN

E-Book Kindle Edition
ASIN: B0072V4FGU
Preis 1,47 €

Den richtigen Lebensweg zu finden und ihn unbeirrt zu gehen, ist schwierig. Viele verlassen sich meist nur auf ihren Verstand, weil wir als zivilisierte Menschen im Gegensatz zu den Tieren verlernt haben, unserem Instinkt zu folgen, insbesondere dann, wenn Verstand und Instinkt nicht im Einklang zueinanderstehen. So siegen Fakten und Argumente meist gegen Gefühle und Empfindungen. Die negativen Folgen zeigen sich oft erst viele Jahre später und sind nicht selten verheerend. Wann immer wir einen Zwiespalt in uns spüren, sollten wir daher versuchen, der Sache auf den Grund zu gehen und auch auf das zu hören, was unsere Seele empfindet. Von Zeit zu Zeit einfach mal zur Seele tauchen, um Gefühle und Empfindungen freizulegen. Besinnliche Gedanken und Geschichten in diesem Buch sollen dazu eine Inspiration geben.

E-Book Kindle-Edition
ASIN: B008LJCC08
Preis 1,03 €

Unterhaltsamer Ratgeber auf Basis eigener Erfahrungen des Autors, mit vielen Praxistipps und interessanten Hinweisen für alle, die sich selbst literarisch betätigen und mehr über das Schreiben und Gestalten von Büchern wissen möchten.

Da haben wir die Bescherung
E-Book Kindle Edition
ASIN: B006EJFVWI
Preis 1,14 €

Alle Jahre wieder, wenn der Kalender nur noch ein paar Blätter für den Rest des Jahres übrig hat, steht Weihnachten vor der Tür, für viele das schönste Fest des Jahres. Der Zauber der Heiligen Nacht, getragen von Wünschen, Hoffnungen und Erwartungen, von Sehnsucht nach Frieden, nach Liebe und nach Geborgenheit, lässt zumindest für kurze Zeit viele Alltagssorgen und -probleme vergessen oder zumindest in den Hintergrund rücken. Ein paar heitere und besinnliche Geschichten und Gedichten in diesem Buch sollen dazu ein wenig beitragen.